ONCLE VANIA

Titre original :
Diadia Vania

ISBN 2-7427-3640-9

Illustration de couverture :
Mikhaïl Nesterov,
Portrait académique de A. N. Severkov, 1934
Galerie Tretiakov, Moscou

ANTON TCHEKHOV

ONCLE VANIA

Scènes de la vie à la campagne en quatre actes
traduites du russe
par André Markowicz et Françoise Morvan

nouvelle édition
revue et corrigée

BABEL

ONCLE VANIA

PERSONNAGES

Alexandre Vladimirovitch Sérébriakov, professeur à la retraite.
Eléna Andréevna, sa femme, vingt-sept ans.
Sofia Alexandrovna (Sonia), sa fille d'un premier mariage.
Maria Vassilievna Voïnitskaïa, veuve d'un conseiller secret, mère de la première femme du professeur.
Ivan Petrovitch Voïnitski (Oncle Vania), son fils.
Mikhaïl Lvovitch Astrov, médecin.
Ilia Ilitch Téléguine, propriétaire foncier ruiné.
Marina, vieille nourrice.
Un valet de ferme.

L'action se passe dans le domaine de Sérébriakov.

ACTE I

Au jardin. On voit une partie de la maison et la terrasse. Dans l'allée, sous un vieux peuplier, une table servie pour le thé. Des bancs, des chaises ; sur un des bancs, une guitare. Non loin de la table, une balançoire.
L'après-midi ; deux heures passées. Ciel couvert.

Marina, une petite vieille lourde et lymphatique, est assise auprès du samovar et tricote un bas ; Astrov va et vient auprès d'elle.

MARINA *(remplissant un verre).* Tiens ça, mon bon monsieur.

ASTROV *(prenant le verre sans enthousiasme).* Ça ne me dit trop rien.

MARINA. Une petite vodka, peut-être ?

ASTROV. Non. La vodka, je n'en bois pas tous les jours, quand même. Et puis, on étouffe.

Pause.

Dis, nourrice, combien de temps ça fait qu'on se connaît ?

MARINA *(réfléchissant).* Combien de temps ?... Que je me souvienne... Tu es arrivé ici, dans le pays... quand ça ?... Véra Petrovna, la mère de Sonetchka, elle vivait encore. Tant qu'elle a été là, tu es venu nous voir deux hivers de suite... Bon, dans les onze ans, donc, que ça fait. *(Après un moment de réflexion.)* Ou plus, peut-être...

ASTROV. Et j'ai beaucoup changé depuis ?

MARINA. Beaucoup. Tu étais jeune, dans ce temps-là, tu étais beau ; maintenant tu te fais vieux. La beauté, c'est plus ça. Et la vodka, faut dire aussi, tu craches pas dessus.

ASTROV. Oui... Dix ans, et je suis devenu un autre homme. Et la cause ? Le travail, nourrice. Du matin au soir, toujours sur pied, pas un instant de repos, et, la nuit, à trembler sous les couvertures qu'on ne vienne me traîner chez un malade. De toutes ces années qu'on se connaît, je n'ai pas eu un seul jour de liberté. Etonnez-vous de vieillir. Et une vie – ennuyeuse, creuse, crasseuse... Ça vous englue, cette vie-là. Où qu'on se tourne, des toqués, rien que des toqués ; tu vis deux, trois ans avec eux, et, peu à peu, sans que tu t'en rendes compte, toi aussi, tu deviens un toqué. Inéluctable sort. *(Tortillant ses longues moustaches.)* Vise ces moustaches énormes qui m'ont poussé... Des moustaches bêtes. Je suis devenu un toqué, nourrice... Mais, bête, non, pour ce qui est d'être bête, je n'ai pas encore eu le temps de le devenir, Dieu merci, côté cervelle, ça va, mais, côté cœur, je ne sais pas, ça s'est mis en veilleuse. Rien ne me dit, je n'ai besoin de rien, je n'aime personne… Il n'y a que toi que j'aime, tiens. *(Il lui pose un baiser sur la tête.)* Quand j'étais petit, j'avais une nourrice comme toi.

MARINA. Tu mangerais pas un petit quelque chose ?

ASTROV. Non. Pendant le Grand Carême, la troisième semaine, je suis allé à Malitskoïé, pour l'épidémie… Le typhus… Dans les isbas, les gens, les uns sur les autres… La crasse, l'odeur, la fumée, les veaux par terre, les malades avec… Les cochons en plus… J'y suis resté toute une journée, sans prendre le temps de m'asseoir, sans manger un morceau, et, de retour chez moi, pas un moment de repos – c'est un aiguilleur, qu'on m'amène, de la voie ferrée ; je l'allonge sur la table, pour l'opérer, et lui, vlan, le voilà qui me claque sous le chloroforme. Et, là, quand ça ne sert plus à rien, voilà les sentiments qui se réveillent en moi – bourrelé de remords, comme si j'avais fait exprès de le tuer… Je m'assieds, je ferme les yeux – comme ça – et je me dis : ceux qui vivront dans cent ans, deux cents ans, et à qui nous frayons la voie, s'ils viennent à penser à nous, est-ce qu'ils penseront du bien de nous ? Eh non, nourrice, ils ne penseront pas de bien.

MARINA. Les hommes – non, mais Dieu – oui.

ASTROV. Ah, tiens, merci. C'est beau, ce que tu as dit.

Entre Voïnitski.

VOÏNITSKI *(il sort de la maison ; il est retourné dormir après le petit déjeuner et il a l'air fripé ; il s'assied sur un banc, arrange sa cravate de dandy).* Oui...

Pause.

Oui...

ASTROV. Bien dormi ?

VOÏNITSKI. Oui... Très bien. *(Il bâille.)* Depuis que le professeur et son épouse habitent ici, le cours du temps est déréglé... Je dors le jour, je mange des plats exotiques matin, midi et soir, je bois des alcools... c'est très mauvais, ça ! Avant, on n'avait pas une minute de liberté, Sonia et moi, on travaillait – fallait voir – et maintenant, il n'y a plus que Sonia qui travaille ; moi – manger, boire, dormir... C'est moche !

MARINA *(après avoir légèrement hoché la tête).* La gabegie ! Le professeur se lève à midi, le samovar, il bout depuis le matin, toujours à l'attendre. Avant, sans eux, on déjeunait toujours entre midi et une heure, comme on fait partout, et, maintenant, avec eux, c'est à six heures passées. La nuit, le professeur, il lit et il écrit, et, d'un coup, à une heure, on te sonne... Qu'est-ce qui se passe, doux

Jésus ? Du thé ! Rameute le peuple, et qu'on lui mette le samovar… La gabegie !…

ASTROV. Ils vont encore rester longtemps ici ?

VOÏNITSKI *(il siffle)*. Des siècles. Le professeur a décidé de s'installer ici.

MARINA. C'est comme maintenant. Le samovar est sur la table depuis tantôt deux heures, et, eux, ils sont partis se promener.

VOÏNITSKI. Ils arrivent, ils arrivent… Ne t'en fais pas.

On entend des voix ; du fond du jardin, rentrant de promenade, arrivent Sérébriakov, Eléna Andréevna, Sonia et Téléguine.

SÉRÉBRIAKOV. Splendide, splendide… Des sites merveilleux.

TÉLÉGUINE. Admirables, Votre Excellence.

SONIA. Demain, on ira voir le domaine forestier, papa. Tu veux ?

VOÏNITSKI. Messieurs-dames, le thé est prêt !

SÉRÉBRIAKOV. Mes amis, faites-moi servir dans mon bureau, je vous prie ! J'ai encore deux ou trois choses à faire avant le soir.

SONIA. Parce que le domaine forestier, je suis sûre que ça te plaira…

Eléna Andréevna, Sérébriakov et Sonia entrent dans la maison ; Téléguine va vers la table et s'assied auprès de Marina.

VOÏNITSKI. Il fait chaud, on étouffe, et, lui, notre savantissime, il est botté, ganté, avec manteau et parapluie.

ASTROV. Il se préserve, sans doute.

VOÏNITSKI. Mais elle, ce qu'elle est bien ! Ce qu'elle est bien ! De ma vie, jamais je n'ai vu de femme aussi belle.

TÉLÉGUINE. Que je roule à travers la plaine, Marina Timoféevna, que je me promène dans un parc ombragé, que je regarde cette table, j'éprouve une indicible béatitude ! Le temps est charmant, les petits oiseaux chantent, nous vivons tous dans la concorde et dans la paix – que nous faut-il de plus ? *(Prenant le verre de thé que lui tend Marina.)* Du fond du sentiment, merci !

VOÏNITSKI *(rêveur)*. Des yeux… Une femme merveilleuse !

ASTROV. Tiens, raconte-nous quelque chose, Ivan Petrovitch.

VOÏNITSKI *(mollement)*. Raconter quoi ?

ASTROV. Il n'y a rien de neuf ?

VOÏNITSKI. Rien. Tout est vieux. Je suis toujours le même, pire, peut-être, à force de paresse, je ne fais rien, à part grogner, comme un vieux birbe. Ma vieille corneille de mère, elle, elle ne sort pas de ses radotages sur l'émancipation des femmes ; un œil sur la tombe, l'autre à chercher dans ses livres savants l'aube d'une vie nouvelle.

ASTROV. Et le professeur ?

VOÏNITSKI. Le professeur, comme d'habitude, il reste dans son bureau de l'aube à la nuit noire, et il écrit. "L'esprit tendu, le front penché, nous composons sans fin nos odes, en méprisant l'espoir commode d'être jamais récompensés." Pauvre papier ! Il ferait mieux d'écrire son autobiographie. Quel sujet superbe ! Un professeur à la retraite, tu comprends, un vieux croûton, un hareng saur académique… podagre, rhumatisant, migraineux, le foie enflé à force d'être envieux, jaloux… Ce hareng saur vit dans le domaine de sa première femme, il y vit à contrecœur, parce que, vivre en ville, c'est au-dessus de ses moyens. Il est toujours à se plaindre de ses malheurs, même si, au fond, en ce qui le concerne, lui, il est invraisemblablement heureux. *(Avec nervosité.)* Mais pense donc, un tel bonheur ! Un fils de petit diacre, un séminariste, qui se décroche des diplômes, une chaire à l'université, qui devient "Son Excellence", le gendre d'un sénateur, et ainsi de suite. Peu importe, d'ailleurs. Mais écoute ça, par contre. Un homme qui parle et qui écrit sur l'art pendant très exactement vingt-cinq ans, et qui ne comprend rigoureusement rien à l'art. Pendant vingt-cinq ans, il remâche les idées des autres sur le réalisme, le naturalisme et autres fadaises du même genre ; pendant vingt-cinq ans, il parle et il écrit sur ce que les gens intelligents savent depuis belle lurette et qui n'intéresse pas les imbéciles ; et donc, pendant vingt-cinq ans, il ne fait rien que remuer du vent. Et, pendant tout ce temps-là, pour qui ne se prend-il pas ! Quelles prétentions ! Il est à la retraite, son nom ne dit rien à personne, c'est l'inconnu parfait ; donc, pendant vingt-cinq ans, il a tenu la place d'un autre. Mais regarde-le : il marche, on dirait Jupiter !

ASTROV. Non, là, tu es jaloux de lui, je crois.

VOÏNITSKI. Oui, je suis jaloux ! Et un succès auprès des femmes ! A faire pâlir un don Juan ! Sa première femme, ma sœur, un être splendide, une femme douce, pure, tiens, comme ce ciel tout bleu, une femme noble, généreuse, qui avait plus d'admirateurs qu'il n'avait, lui, d'élèves – elle l'aimait, cet homme-là, comme seuls des anges de pureté peuvent aimer des êtres aussi purs et splendides qu'eux-mêmes. Ma mère, sa belle-mère, est en adoration devant lui, et, maintenant encore, il lui inspire une crainte divine. Sa deuxième épouse – une femme de toute beauté, formidablement douée – vous venez de la voir – elle s'est mariée avec lui alors qu'il était déjà vieux, elle lui a donné sa jeunesse, sa beauté, sa liberté, son éclat. Et au nom de quoi ? Pourquoi ?

ASTROV. Elle est fidèle au professeur ?

VOÏNITSKI. Hélas, oui.

ASTROV. Pourquoi hélas ?

VOÏNITSKI. Parce que cette fidélité est fausse du début à la fin. Elle a beaucoup de rhétorique mais pas de logique. Trahir un vieux mari qu'on ne peut pas supporter – c'est immoral ; mais s'efforcer d'étouffer en soi-même sa malheureuse jeunesse, ses sentiments vivants – ça, ce n'est pas immoral...

TÉLÉGUINE *(d'une voix geignarde).* Vania, je n'aime pas quand tu dis ça. Non, quoi, c'est vrai... Celui qui trahit sa femme ou son mari, celui-là, c'est un homme sans foi, il pourra aussi bien trahir sa patrie !

VOÏNITSKI *(contrarié).* Ferme tes écluses, La Gaufre* !

TÉLÉGUINE. Pardon, Vania. Moi, ma femme, le lendemain des noces, elle s'est sauvée de chez moi avec l'homme qu'elle aimait, par suite de mon physique peu attractif. Après ça, moi, je n'ai jamais failli à mon devoir. Jusqu'à maintenant, je l'ai toujours aimée et je lui suis resté fidèle, je l'aide autant que je peux, j'ai donné tout mon bien pour l'éducation des petits qu'elle s'est fait faire par celui qu'elle aimait. Le bonheur, je l'ai perdu, mais ma fierté, je l'ai gardée. Et elle ? Sa jeunesse a déjà passé, sa beauté, soumise aux lois de la nature, elle est fanée, l'homme qu'elle aimait est décédé... Qu'est-ce qui lui reste, à elle ?

Entrent Sonia et Eléna Andréevna ; un peu plus tard, entre Maria Vassilievna, un livre à la main ;

* Citation des *Pensées* de Kouzma Proutkov (célèbre recueil d'aphorismes parodiques) : "Si tu as des écluses, ferme-les." (Cette note et toutes celles qui suivent sont dues aux traducteurs.)

elle s'assied et lit ; on lui sert du thé, elle le boit sans y prendre garde.

SONIA *(d'une voix précipitée, à sa nourrice).* Ma petite nounou, il y a des paysans qui viennent d'arriver, là-bas. Vas-y, va leur parler ; le thé, je m'en occupe... *(Elle sert le thé.)*

La nourrice sort. Eléna Andréevna prend sa tasse, et boit, assise sur la balançoire.

ASTROV *(à Eléna Andréevna).* En fait, je venais pour votre mari. Vous m'écriviez qu'il était très malade, des rhumatismes, je ne sais quoi encore, et il s'avère qu'il se porte comme un charme.

ÉLÉNA ANDRÉEVNA. Hier soir, il avait le cafard, il se plaignait d'une douleur dans les jambes, et aujourd'hui, ça va...

ASTROV. Et moi qui ai fait trente verstes à fond de train. Enfin, peu importe, ça ne sera pas la première fois. Par contre, je reste chez vous jusqu'à demain ; comme ça, au moins, je pourrai dormir *quantum satis.*

SONIA. Splendide. C'est si rare que vous passiez la nuit chez nous. Vous n'avez pas déjeuné, je parie ?

ASTROV. Eh non, je n'ai pas déjeuné.

SONIA. Alors, vous en profiterez pour déjeuner. Nous déjeunons à six heures passées, maintenant. *(Elle boit.)* Il est froid, ce thé !

TÉLÉGUINE. La température a déjà fortement baissé à l'intérieur du samovar.

ÉLÉNA ANDRÉEVNA. Ça ne fait rien, Ivan Ivanytch, nous pouvons boire du thé froid.

TÉLÉGUINE. Faites excuse… Pas Ivan Ivanytch, Ilia Ilitch… Ilia Ilitch Téléguine, ou, comme d'aucuns me nomment, en raison de mon visage vérolé, La Gaufre. J'ai jadis porté Sonetchka sur les fonts baptismaux, et Son Excellence, votre époux, me connaît très bien. A présent, je réside chez vous, au domaine… Comme vous avez peut-être daigné le remarquer, je prends chaque jour mes repas avec vous.

SONIA. Ilia Ilitch, notre aide, notre bras droit. *(D'une voix tendre.)* Tenez, mon bon parrain, que je vous serve encore.

MARIA VASSILIEVNA. Aïe !

SONIA. Qu'est-ce qui vous arrive, grand-mère ?

MARIA VASSILIEVNA. Alexandre, j'ai oublié de lui dire… je perds la mémoire… aujourd'hui, j'ai reçu une lettre de Kharkov, de Pavel Alexéevitch… Il envoie sa nouvelle brochure…

ASTROV. C'est intéressant ?

MARIA VASSILIEVNA. C'est intéressant, mais un peu étrange. Il dénonce ce qu'il défendait lui-même il y a sept ans. C'est affreux !

VOÏNITSKI. Ça n'a rien d'affreux. Buvez votre thé, *maman**.

MARIA VASSILIEVNA. Mais j'ai envie de parler !

VOÏNITSKI. Depuis cinquante ans, nous ne faisons que parler, parler, et lire des brochures. Il serait grand temps d'arrêter.

MARIA VASSILIEVNA. Je ne sais pas pourquoi, mais tu n'aimes pas m'écouter quand je parle. Pardonne-moi, *Jean*, mais, cette dernière année, tu as tellement changé que je ne te reconnais plus du tout… Tu étais un homme aux convictions solides, un homme phare…

VOÏNITSKI. Oh oui ! J'étais un homme phare, mais qui ne donnait de lumière à personne…

Pause.

Un homme phare… Impossible de trouver plus venimeux comme mot d'esprit ! Aujourd'hui, j'ai quarante-sept ans. Jusqu'à l'année dernière, j'étais comme vous, j'essayais, exprès, de m'aveugler avec les brumes de cette scolastique, là, qui est la vôtre, pour ne pas voir la vraie vie – et je croyais bien faire. Et aujourd'hui, si vous saviez ! Je n'en dors plus la nuit, de dépit, de rage, d'avoir si bêtement perdu mon temps, quand j'aurais pu avoir tout ce que la vieillesse me refuse aujourd'hui !

* En français dans le texte, de même que *Jean*, ci-après.

SONIA. Oncle Vania, tu nous ennuies !

MARIA VASSILIEVNA *(à son fils).* C'est comme si tu reprochais je ne sais quoi à tes anciennes convictions… Mais elles n'y sont pour rien, c'est toi le coupable. Tu oubliais que les convictions, en soi, elles ne sont rien du tout, elles sont lettre morte… Il fallait agir.

VOÏNITSKI. Agir ? Tout le monde ne peut pas être un *perpetuum mobile* de la plume comme votre herr professor*.

MARIA VASSILIEVNA. Que veux-tu dire par là ?

SONIA *(d'un ton suppliant).* Grand-mère ! Oncle Vania ! Je vous en supplie !

VOÏNITSKI. Je me tais. Je me tais et m'excuse.

Pause.

ÉLÉNA ANDRÉEVNA. Quand même, il fait beau, aujourd'hui… Pas trop chaud…

Pause.

VOÏNITSKI. Un temps à se pendre avec plaisir…

Téléguine accorde sa guitare. Marina passe près de la maison en appelant les poules.

MARINA. P'tit, p'tit, p'tit…

* Nous suivons la graphie de Tchekhov en omettant les majuscules.

SONIA. Ma petite nounou, qu'est-ce qu'ils voulaient, les paysans ?

MARINA. Toujours pareil, encore la friche. P'tit, p'tit, p'tit…

SONIA. Qui tu appelles comme ça ?

MARINA. La Bigarrette qui est partie avec les poussins… Que les corbeaux les prennent pas… *(Elle sort.)*

Téléguine joue une polka ; tous l'écoutent en silence ; entre un valet de ferme.

LE VALET DE FERME. Monsieur le docteur est là ? *(A Astrov.)* S'il vous plaît, Mikhaïl Lvovitch, on vient pour vous.

ASTROV. D'où ça ?

LE VALET DE FERME. De l'usine.

ASTROV *(avec contrariété)*. Mais voyons. Eh bien, il faut y aller… *(Il cherche des yeux sa casquette.)* C'est contrariant, nom de nom…

SONIA. Oui, comme c'est désagréable… Après l'usine, venez manger.

ASTROV. Oh, non, ce sera trop tard. La guigne, comme d'habitude… *(Au valet de ferme.)* Dis donc, mon gars, amène-moi un verre de vodka, après tout, tant pis…

Le valet de ferme s'en va.

La guigne, comme d'habitude... *(Il a trouvé sa casquette.)* Dans une pièce d'Ostrovski, je ne sais plus laquelle, il y a un homme qui a des grandes moustaches et des petites méninges... Eh bien, c'est moi. Bon, j'ai bien l'honneur, messieurs-dames... *(A Eléna Andréevna.)* Si, un jour, vous passiez me voir, vous, tenez, et Sofia Alexandrovna, j'en serais, oui, sincèrement heureux. J'ai un petit domaine de rien, trente déciatines* en tout et pour tout, mais, si ça peut vous intéresser, un jardin modèle et une pépinière comme vous n'en trouverez pas à mille verstes à la ronde. A côté de chez moi, il y a un domaine forestier d'Etat... Le responsable du domaine, il est vieux, il est tout le temps malade, alors, en fait, c'est moi qui me charge de tout.

ÉLÉNA ANDRÉEVNA. On m'avait dit que vous aimiez beaucoup les forêts. Bien sûr, tout cela peut être d'une grande utilité, mais n'est-ce pas une entrave à votre vocation véritable ? Vous êtes docteur, non ?

ASTROV. Dieu seul peut savoir ce que c'est, notre vocation véritable.

ÉLÉNA ANDRÉEVNA. Et c'est intéressant ?

ASTROV. Oui, c'est une charge intéressante.

VOÏNITSKI *(avec ironie)*. Oh combien !

* A peu près trente hectares.

ÉLÉNA ANDRÉEVNA *(à Astrov).* Vous êtes encore un jeune homme, vous avez l'air d'avoir… enfin, trente-six, trente-sept ans… et ce n'est sans doute pas aussi intéressant que vous le dites. La forêt, toujours la forêt. A mon avis, ça doit être monotone.

SONIA. Non, c'est vraiment intéressant. Mikhaïl Lvovitch plante chaque année de nouvelles forêts, et on lui déjà envoyé une médaille de bronze et un diplôme. Il se démène pour qu'on ne détruise pas les anciennes. Si vous l'écoutez, vous penserez tout à fait comme lui. Il dit que les forêts embellissent la terre, qu'elles apprennent à l'homme à comprendre ce qui est beau et lui inspirent une humeur majestueuse. Les forêts adoucissent la rudesse des climats. Dans les pays où le climat est doux, on dépense moins de forces pour lutter contre la nature, et c'est pour cela que l'homme y est plus doux et plus tendre ; là-bas, les hommes sont beaux, ouverts, faciles à éveiller, leurs paroles ont de l'élégance, leurs gestes, de la grâce. Chez eux fleurissent les sciences et les arts, leur philosophie n'est pas sombre, dans leurs rapports avec les femmes, ils sont d'une élégante noblesse…

VOÏNITSKI *(riant).* Bravo, bravo !… C'est charmant, tout ça, mais pas très convaincant, alors *(à Astrov)* permets-moi, mon ami, de continuer de mettre des bûches dans mon poêle et de construire des hangars en bois.

ASTROV. Tes poêles, tu peux y mettre de la tourbe, et, tes hangars, tu peux les faire en pierre. Soit, je veux bien, qu'on abatte les forêts par nécessité, mais pourquoi les exterminer ? Les forêts russes craquent sous la hache, des milliards d'arbres sont tués, on change en désert les habitations des animaux et des oiseaux, les rivières baissent et tarissent, des paysages merveilleux disparaissent sans retour, tout ça parce que l'homme, dans sa paresse, n'a pas le bon sens de se baisser pour prendre son combustible dans la terre. *(A Eléna Andréevna.)* N'est-ce pas que c'est vrai, madame ? Il faut être un barbare sans conscience pour brûler dans son poêle toute cette beauté, pour détruire ce que nous ne pouvons pas créer. L'homme a été doué de raison et de force créatrice pour multiplier ce qui lui était donné, mais, jusqu'à présent, il n'a pas créé, il a détruit. Les forêts, il y en a de moins en moins, les rivières tarissent, le gibier a disparu, le climat est détraqué, et, chaque jour, la terre devient plus pauvre et laide. *(A Voïnitski.)* Tu me regardes d'un air ironique, là, et rien de ce que je dis ne te paraît sérieux… et… peut-être que, pour de bon, c'est des histoires de toqué, mais quand je passe devant les bois des paysans que j'ai sauvés de la hache, ou quand j'entends bruire ma jeune forêt, plantée de mes propres mains, j'ai conscience de ce que le climat, lui aussi, est un tant soit peu en mon pouvoir, et que si, dans mille ans, les hommes sont heureux, eh bien, ça sera aussi, un tant soit peu, à cause de moi. Quand je plante un jeune bouleau, que je le vois se couvrir de feuilles et se balancer dans le vent, mon âme s'emplit de fierté, et je… *(Voyant le valet de ferme qui lui apporte un petit verre de vodka sur un plateau.)* N'empêche... *(Il boit.)* il est temps que j'y aille. Tout ça, sans doute, c'est des histoires de toqué, en fin de compte. J'ai bien l'honneur de vous saluer ! *(Il se dirige vers la maison.)*

SONIA *(elle lui prend le bras et marche à ses côtés).* Alors, quand reviendrez-vous nous voir ?

ASTROV. Je ne sais pas...

SONIA. D'ici un mois, encore ?...

Astrov et Sonia entrent dans la maison ; Maria Vassilievna et Téléguine restent près de la table ; Eléna Andréevna et Voïnitski se dirigent vers la terrasse.

ÉLÉNA ANDRÉEVNA. Et vous, Ivan Petrovitch, vous vous êtes encore conduit d'une façon impossible. Vous aviez bien besoin d'agacer Maria Vassilievna, de parler du *perpetuum mobile* ! Et aujourd'hui, au petit déjeuner, vous avez encore eu des mots avec Alexandre. Que c'est petit !

VOÏNITSKI. Mais si je le hais !

ÉLÉNA ANDRÉEVNA. Il n'y a pas de raison de haïr Alexandre, il est comme tout le monde. Pas pire que vous.

VOÏNITSKI. Si vous pouviez voir votre visage, vos gestes... Ah, quelle paresse à vivre vous avez ! Ah, quelle paresse !

ÉLÉNA ANDRÉEVNA. Ah ! la paresse, et l'ennui ! Tout le monde en veut à mon mari, tout le monde me regarde avec compassion : la malheureuse, elle a un vieux mari ! Cette compassion qu'on a pour moi – oh, comme je la comprends ! Tenez, Astrov vient de le dire : vous détruisez toutes les forêts sans réfléchir, et, bientôt, il ne restera rien sur terre. C'est tout à fait de la même façon, sans réfléchir, que vous détruisez l'homme, et, bientôt, grâce à vous, il ne restera plus sur terre ni fidélité, ni pureté, ni aptitude au sacrifice. Pourquoi ne pouvez-vous pas rester indifférent devant une femme qui n'est pas à vous ? Parce qu'en vous tous – il a raison, ce docteur – vit le démon de la destruction. Vous n'avez pas de pitié pour les forêts, pour les oiseaux, les femmes, pas de pitié les uns pour les autres…

VOÏNITSKI. Je ne l'aime pas, cette philosophie !

Pause.

ÉLÉNA ANDRÉEVNA. Ce docteur a un visage tiré, nerveux. Un visage intéressant. Sonia, ça se voit, il lui plaît, elle est amoureuse de lui, et je la comprends. Depuis que je suis là, il est déjà venu trois fois, mais je suis timide, et pas une fois je ne lui ai vraiment parlé, je n'ai pas été assez gentille avec lui. Il a pensé que j'étais méchante. Si nous nous entendons si bien, vous et moi, Ivan Petrovitch, c'est sans doute que nous sommes tous les deux des gens ternes, ennuyeux ! Ternes ! Ne me regardez pas comme ça, je n'aime pas ça.

VOÏNITSKI. Est-ce que je peux vous regarder autrement si je vous aime ? Vous êtes mon bonheur, ma vie, ma jeunesse ! Je sais, mes chances d'être aimé en retour sont infimes, égales à zéro, mais je n'ai besoin de rien, permettez-moi seulement de vous regarder, d'écouter votre voix…

ÉLÉNA ANDRÉEVNA. Moins fort, on pourrait vous entendre !

Ils entrent dans la maison.

VOÏNITSKI *(la suivant).* Permettez-moi de vous parler de mon amour, ne me chassez pas, cela seul, ce sera pour moi le plus grand des bonheurs…

ÉLÉNA ANDRÉEVNA. C'est une torture…

Tous deux entrent à l'intérieur.

Téléguine fait sonner les cordes de la guitare et joue une polka ; Maria Vassilievna note quelque chose dans les marges de sa brochure.

Rideau.

ACTE II

La salle à manger dans la maison de Sérébriakov. La nuit. Dans le jardin, on entend le gardien taper sur sa planchette.*

Sérébriakov est assis dans un fauteuil devant la fenêtre ouverte et somnole ; Eléna Andréevna est assise auprès de lui et somnole également.

SÉRÉBRIAKOV *(se réveillant).* Qui est là ? Sonia, c'est toi ?

ÉLÉNA ANDRÉEVNA. C'est moi.

SÉRÉBRIAKOV. C'est toi, Lenotchka... Une douleur insupportable !

ÉLÉNA ANDRÉEVNA. Ton plaid est tombé par terre. *(Elle lui recouvre les jambes.)* Je fermerais bien la fenêtre, Alexandre.

SÉRÉBRIAKOV. Non, j'étouffe... Je viens de m'endormir, j'ai fait un rêve, c'était comme si ma

* Les gardiens des propriétés indiquaient leur passage en tapant sur une planchette.

jambe gauche était à quelqu'un d'autre. J'ai été réveillé par une douleur torturante. Non, ce n'est pas la goutte, plutôt les rhumatismes. Quelle heure est-il maintenant ?

ÉLÉNA ANDRÉEVNA. Minuit vingt.

Pause.

SÉRÉBRIAKOV. Demain matin, tu me chercheras Batiouchkov* dans la bibliothèque. Je crois qu'on l'a.

ÉLÉNA ANDRÉEVNA. Pardon ?

SÉRÉBRIAKOV. Tu me chercheras Batiouchkov demain matin. Je me souviens qu'on l'a. Mais pourquoi ai-je tellement de mal à respirer ?

ÉLÉNA ANDRÉEVNA. Tu es fatigué. Deux nuits que tu ne dors pas.

SÉRÉBRIAKOV. Il paraît que Tourguéniev, à cause de la goutte, il a eu une angine de poitrine. J'ai peur qu'il ne m'arrive la même chose. Maudite, répugnante vieillesse. Que le diable l'emporte. Quand je suis devenu vieux, je me suis pris en dégoût. Et, vous tous, je parie, ça vous dégoûte de me voir.

ÉLÉNA ANDRÉEVNA. Tu parles de ta vieillesse comme si c'était notre faute à tous que tu sois vieux.

* L'un des premiers poètes romantiques russes (1787-1855).

SÉRÉBRIAKOV. Et je te dégoûte, toi la première.

Eléna Andréevna s'écarte de lui et va s'asseoir plus loin.

Bien entendu, tu as raison. Je ne suis pas bête, je comprends. Tu es jeune, belle, en pleine santé, tu veux vivre, et moi, je suis un vieillard, presque un cadavre. Alors ? Je ne comprends pas ? Bien entendu, c'est bête que je sois toujours vivant. Mais, patience, je vais bientôt vous laisser libres. Je n'ai plus longtemps à traîner.

ÉLÉNA ANDRÉEVNA. Je suis à bout… Au nom du ciel, tais-toi.

SÉRÉBRIAKOV. La vérité, c'est que, grâce à moi, tout le monde est à bout, tout le monde s'ennuie, perd sa jeunesse, je suis le seul à jouir de la vie et à être content. Mais bien entendu !

ÉLÉNA ANDRÉEVNA. Tais-toi ! Tu me mets à la torture.

SÉRÉBRIAKOV. Je mets tout le monde à la torture. Bien entendu.

ÉLÉNA ANDRÉEVNA *(au bord des larmes).* C'est insupportable ! Dis-moi, qu'est-ce que tu veux de moi ?

SÉRÉBRIAKOV. Rien.

ÉLÉNA ANDRÉEVNA. Alors, tais-toi. Je te le demande.

SÉRÉBRIAKOV. Chose curieuse, quand Ivan Petrovitch ouvre la bouche, ou cette vieille idiote de

Maria Vassilievna – ça va, tout le monde écoute, mais, moi, au premier mot que je dis, tout le monde commence à se sentir malheureux. Même ma voix dégoûte. Bon, admettons, je vous dégoûte, je suis un égoïste, un despote – mais, moi, dans ma vieillesse, franchement, n'ai-je pas droit à l'égoïsme ? N'ai-je pas gagné ce droit ? Je vous le demande, franchement, n'ai-je pas droit à une vieillesse tranquille, à un peu d'attention de la part des autres ?

ÉLÉNA ANDRÉEVNA. Personne ne te conteste tes droits.

Le vent fait battre la fenêtre.

Le vent s'est levé, je vais fermer la fenêtre. *(Elle la ferme.)* Il va pleuvoir. Tes droits, personne ne te les conteste.

Pause ; dans le jardin, le gardien tape sur sa planchette et chante une chanson.

SÉRÉBRIAKOV. Œuvrer, sa vie durant, pour la science, être habitué à son bureau, son auditoire, ses honorables collègues – et, du jour au lendemain, tout à trac, se retrouver dans ce caveau, voir chaque jour les mêmes figures bêtes, entendre les mêmes conversations futiles… Je veux vivre, j'aime le succès, j'aime la célébrité, le bruit, et ici – l'exil ! Minute après minute, regretter le passé, suivre les succès des autres, avoir peur de la mort… Je n'en peux plus ! Je n'ai plus la force ! Et voilà qu'en plus on ne me pardonne pas d'être vieux !

ÉLÉNA ANDRÉEVNA. Attends un peu, patience : dans cinq ou six ans, moi aussi je serai vieille.

Entre Sonia.

SONIA. Papa, c'est toi-même qui as demandé à ce qu'on fasse venir le docteur Astrov, et maintenant qu'il est là, tu refuses de le recevoir. C'est un manque de tact. On le dérange pour rien…

SÉRÉBRIAKOV. Qu'est-ce que j'en ai à faire, de ton Astrov ? Il est médecin comme moi astronome.

SONIA. On ne va tout de même pas déplacer toute la faculté pour ta goutte.

SÉRÉBRIAKOV. Cet illuminé, je refuse même de lui adresser la parole.

SONIA. Comme tu voudras. *(Elle s'assied.)* Moi, ça m'est égal.

SÉRÉBRIAKOV. Quelle heure est-il ?

ÉLÉNA ANDRÉEVNA. Minuit passé.

SÉRÉBRIAKOV. On étouffe… Sonia, donne-moi les gouttes, là, sur la table !

SONIA. Tout de suite. *(Elle lui tend un flacon.)*

SÉRÉBRIAKOV *(agacé)*. Mais pas celles-là ! On ne peut rien leur demander !

SONIA. Pas de caprices, s'il te plaît. Il y en a peut-être qui aiment ça, mais moi, épargne-le-moi, fais-moi cette faveur ! Ça ne me plaît pas du tout, à moi. Et je n'ai pas le temps, demain je me lève tôt, on fait les foins.

Entre Voïnitski, en robe de chambre, une chandelle à la main.

VOÏNITSKI. L'orage menace, dehors.

Un éclair.

Chapeau ! *Hélène** et Sonia, allez dormir, je viens vous remplacer.

SÉRÉBRIAKOV *(effrayé).* Non, non ! Ne me laissez pas avec lui ! Non. Il va m'achever avec ses phrases.

VOÏNITSKI. Mais il faut bien qu'elles se reposent ! Ça fait deux nuits qu'elles ne dorment pas.

SÉRÉBRIAKOV. Qu'elles aillent dormir, mais, toi, va-t'en. Merci pour tout. Je t'en supplie. Au nom de notre amitié d'antan, ne proteste pas. On parlera plus tard.

VOÏNITSKI *(avec un sourire narquois).* Notre amitié d'antan... D'antan, oui...

SONIA. Tais-toi, oncle Vania.

SÉRÉBRIAKOV *(à sa femme).* Ma chérie, ne me laisse pas avec lui ! Il va m'achever avec ses phrases.

VOÏNITSKI. Ça en devient comique...

Entre Marina, une bougie à la main.

* En français dans le texte.

SONIA. Tu devrais aller te coucher, ma petite nounou. Il est tard, déjà.

MARINA. Le samovar est toujours sur la table. C'est pas trop possible d'aller se coucher.

SÉRÉBRIAKOV. Tout le monde est debout, personne n'en peut plus, je suis le seul à être aux anges.

MARINA *(s'approchant de Sérébriakov ; avec tendresse).* Alors, mon bon monsieur, t'as mal ? Moi aussi, j'ai les jambes qui me lancent, qui me lancent. *(Elle arrange le plaid.)* Ça fait longtemps que vous l'avez, cette maladie. Véra Petrovna, Dieu ait son âme, la mère de Sonetchka, dans le temps, elle ne dormait pas la nuit, elle se rongeait… Ça, elle vous aimait fort…

Pause.

Les vieux, c'est comme les petits, ça aime qu'on les plaigne, mais, les vieux, personne les plaint. *(Elle pose un baiser sur l'épaule de Sérébriakov*.)* Viens donc, mon bon monsieur, va te coucher… Viens, mon poussin… Je te ferai du tilleul, je te réchaufferai tes petits petons… Je dirai une prière pour toi au bon Dieu…

SÉRÉBRIAKOV *(ému).* Allons-y, Marina.

MARINA. Moi aussi, j'ai les jambes qui me lancent, qui me lancent. *(Elle l'emmène avec l'aide*

* Il s'agit d'un geste traditionnel de respect.

de Sonia.) Véra Petrovna, dans le temps, elle se rongeait, elle se rongeait, elle pleurait… Toi, Soniouchka, tu étais encore petite, toute bête… Viens donc, viens donc, mon bon monsieur…

Sérébriakov, Sonia et Marina sortent.

ÉLÉNA ANDRÉEVNA. Il me met à la torture. Je tiens à peine sur mes jambes.

VOÏNITSKI. Vous, c'est à cause de lui ; moi, à cause de moi-même. Trois nuits déjà que je ne dors pas.

ÉLÉNA ANDRÉEVNA. Ça va de travers dans cette maison. Votre mère déteste tout, excepté ses brochures et le professeur ; le professeur est sur les nerfs, il ne me fait pas confiance, il a peur de vous ; Sonia en veut à son père, m'en veut à moi, et ne me parle plus depuis déjà deux semaines ; vous détestez mon mari et méprisez ouvertement votre mère ; moi, je suis sur les nerfs, et, aujourd'hui, j'ai failli pleurer une bonne vingtaine de fois… Ça va de travers dans cette maison.

VOÏNITSKI. Laissons la philosophie !

ÉLÉNA ANDRÉEVNA. Vous, Ivan Petrovitch, vous êtes intelligent et cultivé, vous devriez comprendre, semble-t-il, que ce qui détruit le monde, ce ne sont pas les brigands, les incendies, mais la haine, l'inimitié, tous ces conflits mesquins… Au lieu de grogner, votre rôle, ce serait de réconcilier tout le monde.

VOÏNITSKI. Réconciliez-moi d'abord avec moi-même ! Ma bien-aimée… *(Il s'incline pour lui baiser la main.)*

ÉLÉNA ANDRÉEVNA. Arrêtez ! *(Retirant sa main.)* Sortez !

VOÏNITSKI. La pluie va passer tout de suite, tout dans la nature sera rafraîchi et soupirera de soulagement. Moi seul, je ne serai pas rafraîchi par l'orage. Jour et nuit, elle vient m'étouffer, comme un de nos démons du foyer, cette idée que ma vie est perdue sans retour. Le passé n'existe plus, il a été bêtement gaspillé en vétilles, et le présent est monstrueux d'absurdité. Voilà ma vie et mon amour ; où les fourrer, que faire avec ? Ce que j'éprouve se perd pour rien, comme un rayon de soleil qui tomberait dans un trou, et moi aussi, je me perds.

ÉLÉNA ANDRÉEVNA. Quand vous me parlez de votre amour, je ne sais pas, je deviens stupide, et je ne sais pas quoi dire. Pardonnez-moi, je ne peux rien vous répondre. *(Elle veut sortir.)* Bonne nuit.

VOÏNITSKI *(se mettant sur son passage)*. Et si vous saviez combien je souffre à l'idée que, tout près de moi, dans cette même maison, une autre vie se perd – la vôtre ! Qu'attendez-vous ? Quelle maudite philosophie vous entrave ? Comprenez donc, comprenez…

ÉLÉNA ANDRÉEVNA *(le regardant avec attention)*. Ivan Petrovitch, vous êtes saoul !

VOÏNITSKI. Possible, possible…

ÉLÉNA ANDRÉEVNA. Où est le docteur ?

VOÏNITSKI. Il est là-bas… il passe la nuit chez moi. Possible, possible… Tout est possible !

ÉLÉNA ANDRÉEVNA. Aujourd'hui aussi, vous avez bu ? Mais à quoi bon ?

VOÏNITSKI. Ça fait quand même un semblant de vie… Ne m'empêchez pas, *Hélène* !

ÉLÉNA ANDRÉEVNA. Avant, vous ne buviez jamais, et vous ne parliez jamais tant que ça… Allez vous coucher ! Je m'ennuie avec vous.

VOÏNITSKI *(tombant à genoux pour lui baiser la main)*. Ma bien-aimée !… Ma merveilleuse !

ÉLÉNA ANDRÉEVNA. Laissez-moi. C'est dégoûtant, à la fin. *(Elle sort.)*

VOÏNITSKI *(seul)*. Elle est partie…

Pause.

Il y a dix ans, du vivant de ma sœur, je la rencontrais chez elle. En ce temps-là, elle avait dix-sept ans, et moi trente-sept. Pourquoi ne suis-je pas tombé amoureux d'elle en ce temps-là, et ne lui ai-je pas demandé sa main ? C'était tellement possible ! Maintenant, elle serait ma femme… Oui… Maintenant, l'orage nous aurait réveillés tous les deux ; elle aurait eu peur du tonnerre, et moi, je la tiendrais dans mes bras, je lui murmurerais : "N'aie pas peur, je suis là." Oh, pensées merveilleuses, que c'est bon, je ris tout seul… mais, mon Dieu, mes pensées s'embrouillent dans ma tête… Pourquoi suis-je vieux ? Pourquoi ne me comprend-elle pas ? Sa rhétorique, sa morale paresseuse, ses pensées absurdes, paresseuses, sur la ruine du monde – tout cela, je le hais profondément.

Pause.

Oh, comme j'ai été trompé ! Je vénérais ce professeur, ce goutteux minable, je travaillais pour lui comme un bœuf ! Sonia et moi, nous faisions rendre au domaine ce qu'il pouvait, jusqu'à la dernière goutte ; nous autres, comme des koulaks*, nous vendions de l'huile, des pois, du fromage blanc, à peine si nous avions de quoi manger nous-mêmes, tout ça pour faire des mille et des cents avec des sous percés, et les lui envoyer. J'étais fier de lui et de sa science, je vivais, je respirais par lui ! Tout ce qu'il écrivait, tout ce qu'il disait me semblait génial… Mon Dieu, et maintenant ? Le voilà à la retraite, et le résultat de sa vie, on le voit bien, maintenant : il ne restera pas une seule page de son travail après lui, il est parfaitement inconnu, il est *rien* ! Une bulle de savon ! Et j'ai été trompé… je le vois – trompé bêtement !

Entre Astrov, en veston, sans gilet ni cravate ; il est un peu éméché ; derrière lui, Téléguine, avec une guitare.

* Les koulaks étaient des paysans aisés qui avaient généralement gagné leur fortune grâce à un travail acharné.

ASTROV. Joue !

TÉLÉGUINE. Tout le monde dort, voyons !

ASTROV. Joue !

Téléguine joue en sourdine.

(A Voïnitski.) Tu es seul ici ? Les dames ne sont pas là ? *(Les mains sur les hanches, il chante doucement.)* "Adieu maison, adieu foyer, Pour toi, patron, plus d'oreiller*." Moi, c'est l'orage qui m'a réveillé. Un fameux crachin. Quelle heure est-il maintenant ?

VOÏNITSKI. Qu'est-ce que j'en sais, moi ?

ASTROV. J'ai comme eu l'impression d'entendre la voix d'Eléna Andréevna.

VOÏNITSKI. Elle était là à l'instant.

ASTROV. Une femme somptueuse. *(Il examine les fioles sur la table.)* Des médicaments. Toutes ces ordonnances qu'il y a ici ! De Kharkov, de Moscou, de Toula... Il a bassiné toutes les villes avec sa goutte. Il est malade ou il fait semblant ?

VOÏNITSKI. Il est malade.

Pause.

ASTROV. Qu'est-ce qui te rend si triste aujourd'hui ? Tu as pitié du professeur, ou quoi ?

VOÏNITSKI. Laisse-moi.

* Chanson populaire très connue. Une chanson équivalente en français serait : "Dansons la capucine..."

ASTROV. A moins, peut-être, que tu ne sois amoureux de la professoresse ?

VOÏNITSKI. Elle est mon amie.

ASTROV. Déjà ?

VOÏNITSKI. Que veut dire ce “déjà” ?

ASTROV. Une femme ne peut être l'amie d'un homme que dans l'ordre suivant : d'abord, connaissance, ensuite, maîtresse, et, pour finir, amie.

VOÏNITSKI. Philosophie de rustre.

ASTROV. Comment ? Oui… Il faut l'avouer – je deviens un rustre. La preuve, tu vois, je suis saoul. D'habitude, je me saoule comme ça une fois par mois. Quand je suis dans cet état-là, je suis insolent et grossier comme ce n'est pas permis. Alors, je n'ai peur de rien ! J'entreprends les opérations les plus risquées, et je les mène avec brio ; je trace les plans d'avenir les plus impressionnants ; pendant tout ce temps-là, je ne me sens plus toqué, et je crois que, oui, je suis immensément utile à l'humanité tout entière… immensément ! Et, pendant tout ce temps-là, j'ai un système philosophique à moi, et, vous autres, mes petits gars, je vous vois comme des moucherons, minuscules… des microbes… *(A Téléguine.)* Joue, La Gaufre !

TÉLÉGUINE. Mon jeune ami, du fond du cœur, ce serait avec plaisir, mais comprends donc – on dort dans la maison !

ASTROV. Joue !

Téléguine joue en sourdine.

Il faudrait boire un coup. Viens donc, il nous reste encore un peu de cognac, là-bas, je crois. Et dès qu'il fera jour, on ira chez moi. On y vat' ? J'ai un infirmier, il ne dira jamais "On y va", mais "On y vat'". Une fière crapule. Alors, on y vat' ? *(Apercevant Sonia qui entre.)* Je suis sans cravate, excusez-moi. *(Il sort rapidement ; Téléguine le suit.)*

SONIA. Toi, oncle Vania, tu t'es encore saoulé avec le docteur. Comme deux larrons en foire. Lui, bon, il est toujours comme ça, mais toi, qu'est-ce qui te prend ? A ton âge, ça ne te va pas du tout.

VOÏNITSKI. L'âge n'a rien à y voir. Faute de vraie vie, on vit de mirages. C'est toujours mieux que rien.

SONIA. Les foins sont fauchés, il pleut tous les jours, tout est en train de pourrir, et toi tu t'occupes de mirages. Tu as complètement laissé tomber le domaine… Je travaille seule, je suis complètement épuisée… *(Effrayée.)* Mon oncle, tu as les larmes aux yeux.

VOÏNITSKI. Quelles larmes ? Rien du tout… sottises… Tu viens de me regarder comme ta défunte mère. Ma gentille… *(Il lui embrasse avidement les mains et le visage.)* Ma sœur… ma gentille sœur… Où est-elle maintenant ? *Si elle savait ! Ah, si elle savait* * !

* En italique dans le texte russe. – Rappelons que, le russe n'ayant qu'un seul temps du passé, il est impossible de décider si le sens est "si elle savait" ou "si elle avait su".

SONIA. Quoi ? Mon oncle, si elle savait quoi ?

VOÏNITSKI. Ça pèse, c'est mal… Rien… Plus tard… Rien… Je m'en vais…

Il s'en va.

SONIA *(elle frappe à la porte)*. Mikhaïl Lvovitch ! Vous ne dormez pas ? Une petite minute !

ASTROV *(derrière la porte)*. Tout de suite ! *(Un peu plus tard, il entre ; cette fois, il a mis son gilet et une cravate.)* Qu'y a-t-il pour votre service ?

SONIA. Buvez, vous, si ça ne vous dégoûte pas, mais, je vous en supplie, ne laissez pas boire mon oncle. Ça lui fait du mal.

ASTROV. Très bien. Nous ne boirons plus.

Pause.

Je rentre chez moi tout de suite. Promis-juré. Le temps qu'on attelle, il fera jour.

SONIA. Il pleut. Attendez le matin.

ASTROV. L'orage passe à côté, il nous touchera à peine. Je vais y aller. Et, s'il vous plaît, ne m'appelez plus chez votre père. Je lui dis – la goutte, et lui – les rhumatismes ; je lui demande de rester couché, lui, il s'assoit. Et, aujourd'hui, il refuse même de me parler.

SONIA. Il est trop gâté. *(Elle va vers le buffet.)* Vous ne voulez pas manger un morceau ?

ASTROV. Ma foi, si vous voulez…

SONIA. J'aime bien manger un morceau la nuit. Il y a quelque chose, je crois, dans le buffet. Il a eu beaucoup de succès auprès des femmes, toute sa vie, paraît-il, et les femmes l'ont trop gâté. Tenez, prenez du fromage.

Ils se tiennent tous les deux devant le buffet et ils mangent.

ASTROV. Aujourd'hui, je n'ai rien mangé, je n'ai fait que boire. Votre père a un caractère difficile. *(Il prend une bouteille dans le buffet.)* Je peux ? *(Il boit un petit verre.)* Il n'y a personne ici, on peut parler franchement. Vous savez, il me semble que je ne survivrais pas un mois chez vous, j'étoufferais dans cette atmosphère… Votre père, enfoncé dans sa goutte et dans ses livres, oncle Vania dans sa neurasthénie, votre grand-mère, et, pour finir, votre belle-mère…

SONIA. Quoi, ma belle-mère ?

ASTROV. Tout doit être splendide chez les gens : le visage, le vêtement, l'âme et la pensée. Elle est splendide, pas le moindre doute, mais… tout ce qu'elle fait, c'est manger, dormir, se promener, nous tenir sous le charme de sa beauté – et voilà tout. Elle n'a aucun devoir, ce sont les autres qui travaillent pour elle… C'est ça, non ? Et une vie oisive ne peut pas être pure.

Pause.

Du reste, peut-être que je suis trop sévère. Je ne suis pas satisfait de la vie, comme votre oncle

Vania, et nous devenons des vieux birbes tous les deux.

SONIA. Parce que vous êtes insatisfait de la vie ?

ASTROV. La vie, en général, je l'aime, mais notre vie à nous, provinciale, russe, petite-bourgeoise, je ne peux pas la supporter, et je la méprise de toutes les forces de mon âme. Quant à ma vie personnelle, ma vie à moi, eh bien, réellement, il n'y a rien de bien en elle. Vous savez, quand vous marchez, par une nuit noire, dans la forêt, et qu'en même temps, il y a une petite lumière qui brille dans le lointain, vous ne remarquez ni votre fatigue, ni l'obscurité, ni les ronces qui vous frappent le visage… Je travaille – cela, vous le savez – comme personne dans le district, le destin me frappe sans fin ni cesse, parfois je souffre d'une façon insupportable, mais je n'ai pas de petite lumière dans le lointain. Je n'attends plus rien du tout pour moi, je n'aime pas les gens… Il y a longtemps que je n'aime plus personne.

SONIA. Personne ?

ASTROV. Personne. Je ressens une certaine tendresse pour votre nourrice, c'est tout – en souvenir du bon vieux temps. Les paysans sont pareils, tous, arriérés, ils vivent dans la crasse, et, les gens cultivés, il est difficile de s'entendre avec eux. Ils fatiguent. Tous autant qu'ils sont, nos bons amis, ils pensent petitement, ils sentent petitement, et ils ne voient pas plus loin que le bout de leur nez – en un mot, ils sont bêtes. Et ceux qui sont un peu plus éveillés, ceux qui comptent un peu plus, ils sont hystériques, rongés par l'analyse, la réflexion… Ils geignent, ils haïssent, ils calomnient maladivement, ils viennent vers vous de biais, vous regardent de travers et ils décrètent : "Oh, c'est un psychopathe !" Ou bien : "C'est un phraseur !" Et quand ils ne savent pas quelle étiquette me coller sur le front, alors, ils disent : "Oh, c'est un homme étrange, étrange !" J'aime la forêt – c'est étrange ; je ne mange pas de viande – ça aussi, c'est étrange. De rapport immédiat, pur, libre, à la nature et aux gens, il n'y en a plus… Plus du tout ! *(Il veut boire.)*

SONIA *(l'en empêchant).* Non, je vous le demande, je vous en supplie, ne buvez plus.

ASTROV. En quel honneur ?

SONIA. Ça vous va tellement mal ! Vous êtes gracieux, vous avez une voix si tendre !… Plus, même : vous, plus que tous ceux que je connais – vous êtes splendide. Pourquoi voulez-vous ressembler aux gens banals qui boivent et qui jouent aux cartes ? Oh, ne faites pas ça, je vous en supplie ! Vous dites toujours que les gens ne créent pas, qu'ils ne font que détruire ce qui leur a été donné par le ciel. Pourquoi, mais pourquoi vous détruisez-vous vous-même ? Il ne faut pas, il ne faut pas, je vous en supplie, je vous en conjure.

ASTROV *(il lui tend la main).* Je ne boirai plus.

SONIA. Donnez-moi votre parole.

ASTROV. Parole d'honneur.

SONIA *(elle lui serre la main très fort).* Je vous remercie !

ASTROV. Basta ! Je suis dessaoulé. Vous voyez, je suis parfaitement lucide, et je le resterai jusqu'à la fin de mes jours. *(Il regarde l'heure.)* Et donc, continuons. Je dis : mon temps est déjà passé, il est trop tard pour moi… J'ai vieilli, je me suis usé au travail, je suis devenu un rustre, mes sentiments se sont émoussés, et, semble-t-il, je ne pourrai plus m'attacher à quelqu'un. Je n'aime personne… et je n'aimerai plus. Ce qui me touche encore, c'est la beauté. A ça, je ne suis pas indifférent. Il me semble qu'Eléna Andréevna, tiens, si elle voulait, elle pourrait me faire tourner la tête en un jour… Mais, ça, ce n'est pas de l'amour, ce n'est pas de l'attachement… *(Il se passe la main sur les yeux et tressaille.)*

SONIA. Qu'avez-vous ?

ASTROV. Rien… Pendant le Grand Carême, j'ai un malade qui est mort sous le chloroforme.

SONIA. Il est temps d'oublier ça.

Pause.

Dites-moi, Mikhaïl Lvovitch… Si j'avais une amie, ou une petite sœur, et si vous appreniez qu'elle… enfin, mettons, qu'elle vous aime, qu'est-ce que ça vous ferait?

ASTROV *(haussant les épaules).* Je ne sais pas. Sans doute rien. Je lui ferais comprendre que, l'aimer, je ne peux pas… et puis, ce n'est pas ça que j'ai dans la tête. C'est bien beau tout ça, mais, si je veux partir, c'est l'heure. Adieu, ma colombe, sans quoi, comme ça, on en aurait jusqu'au matin. *(Il lui serre la main.)* Je passe par le salon, si vous permettez, sinon, j'ai peur que votre oncle ne me retienne.

Il sort.

SONIA *(seule).* Il ne m'a rien dit… Son âme et son cœur me sont encore cachés, mais comment se fait-il que je me sente si heureuse ? *(Elle rit de bonheur.)* Je lui ai dit : vous êtes gracieux, noble, vous avez une voix si tendre… Est-ce que c'était déplacé ? Sa voix vibre, caresse… tiens, je la sens dans l'air. Et quand je lui ai parlé de ma sœur cadette, il n'a pas compris… *(Se tordant les bras.)* Oh, comme c'est affreux que je ne sois pas belle ! Comme c'est affreux ! Et moi, je sais que je ne suis pas belle, je le sais, je le sais… Dimanche dernier, en sortant de l'église, j'ai entendu parler de moi, et une femme a dit : “Elle est gentille, elle a bon cœur, mais quel dommage qu'elle ne soit pas belle…” Pas belle…

Entre Eléna Andréevna.

ÉLÉNA ANDRÉEVNA *(elle ouvre les fenêtres).* L'orage est passé. Comme on respire bien !

Pause.

Où est le docteur ?

SONIA. Il est parti.

Pause.

ÉLÉNA ANDRÉEVNA. *Sophie !*

SONIA. Quoi ?

ÉLÉNA ANDRÉEVNA. Jusqu'à quand serez-vous fâchée contre moi ? Nous ne nous sommes fait aucun mal, toutes les deux. Pourquoi serions-nous ennemies ?… Voyons…

SONIA. Moi aussi, je voulais… *(Elle la prend dans ses bras.)* Finie, la colère.

ÉLÉNA ANDRÉEVNA. Et tant mieux.

Elles sont émues toutes les deux.

SONIA. Papa s'est couché ?

ÉLÉNA ANDRÉEVNA. Non, il est assis au salon… Nous restons des semaines sans nous parler, et Dieu seul sait pourquoi… *(Voyant que le buffet est ouvert.)* Qu'est-ce que c'est ?

SONIA. Mikhaïl Lvovitch a soupé.

ÉLÉNA ANDRÉEVNA. Il y a même du vin… Buvons à l'amitié*.

SONIA. Oui.

* Le texte russe indique : "Buvons à la *bruderschaft.*" Il s'agit d'une manière de trinquer, chaque buveur joignant à celui de l'autre le bras qui porte le toast.

ÉLÉNA ANDRÉEVNA. Dans le même verre… *(Elle verse.)* C'est mieux comme ça. Alors, on se tutoie ?

SONIA. On se tutoie.

Elles boivent et s'embrassent.

Je voulais faire la paix depuis longtemps, mais, je ne sais pas, j'avais honte… *(Elle pleure.)*

ÉLÉNA ANDRÉEVNA. Pourquoi est-ce que tu pleures ?

SONIA. Non, rien.

ÉLÉNA ANDRÉEVNA. Ça va aller, ça va aller… *(Elle pleure.)* Et moi aussi, ma petite toquée, je me mets à pleurer…

Pause.

Tu m'en veux parce que j'ai l'air d'avoir épousé ton père par calcul… Si tu crois aux serments, je t'en fais le serment – je me suis mariée par amour. J'ai été séduite par un homme tellement savant, tellement célèbre. L'amour n'était pas véritable – une apparence – mais, moi, à ce moment-là, j'avais l'impression qu'il était véritable. Ce n'est pas ma faute. Toi, depuis le jour de notre mariage, tu n'as pas cessé de me châtier avec tes yeux intelligents et soupçonneux.

SONIA. Allez, la paix, la paix ! Oublions.

ÉLÉNA ANDRÉEVNA. Il ne faut pas regarder comme ça ; ça ne te va pas. Il faut faire confiance à tout le monde, sans quoi on ne peut pas vivre.

SONIA. Dis-moi, en toute conscience, comme une amie… Est-ce que tu es heureuse ?

ÉLÉNA ANDRÉEVNA. Non.

SONIA. Je le savais. Encore une question. Dis-moi sincèrement – tu voudrais avoir un mari jeune ?

ÉLÉNA ANDRÉEVNA. Quelle petite fille tu fais encore. Bien sûr que oui ! *(Elle rit.)* Allez, demande-moi encore quelque chose, demande…

SONIA. Le docteur, il te plaît ?

ÉLÉNA ANDRÉEVNA. Oui, beaucoup.

SONIA *(elle rit)*. J'ai un visage bête… oui ? Tu vois, il est parti, et moi, j'entends toujours sa voix et ses pas, et, quand je regarde la fenêtre obscure… eh bien, son visage m'y apparaît. Laisse-moi dire tout… Mais je ne peux pas parler aussi fort, j'ai honte. Allons dans ma chambre, là-bas nous parlerons. Je te parais bête ? Avoue… Dis-moi quelque chose sur lui…

ÉLÉNA ANDRÉEVNA. Quoi donc ?

SONIA. Il est intelligent… Il sait tout faire, il peut tout faire… Il soigne les gens, il plante des forêts…

ÉLÉNA ANDRÉEVNA. Il ne s'agit pas des forêts et de la médecine… Ma chérie, comprends-le, c'est un talent ! Et tu sais ce que c'est qu'un talent ? L'audace, la liberté de penser, l'élan et l'envergure… Il plante un petit arbre et il pense déjà à ce que ça donnera d'ici mille ans, il voit déjà devant lui le bonheur de l'humanité. Les gens comme ça sont rares, il faut les aimer… Il boit, il est parfois un peu grossier – mais, où est le mal ? Un homme de talent en Russie ne peut pas être pomponné. Pense toi-même, quelle vie a-t-il, ce docteur ! La boue infranchissable sur les routes, le gel, les tempêtes de neige, les distances énormes, les gens grossiers, sauvages, partout le besoin, les maladies, et, dans une telle situation, pour celui qui travaille et qui lutte jour après jour, il est bien difficile, à quarante ans, de se garder pomponné et pas buveur… *(Elle l'embrasse.)* Je te souhaite de tout mon cœur, tu mérites d'être heureuse… *(Elle se lève.)* Moi, je suis morne, un personnage épisodique… Dans la musique, et dans la maison de mon mari, dans tous les romans, partout, en un mot, je n'ai été qu'un personnage épisodique. A proprement parler, Sonia, quand on y pense, je suis très, très malheureuse ! *(Dans son émotion, elle marche de long en large.)* Je n'ai pas de bonheur en ce monde. Non ! Pourquoi ris-tu ?

SONIA *(elle rit, se cachant le visage).* Je suis heureuse… heureuse !

ÉLÉNA ANDRÉEVNA. J'ai envie de jouer… Je jouerais bien quelque chose maintenant.

SONIA. Joue. *(Elle la prend dans ses bras.)* Je ne peux pas dormir… Joue !

ÉLÉNA ANDRÉEVNA. Tout de suite. Ton père ne dort pas. Quand il est malade, la musique l'énerve. Va lui demander. S'il se sent bien, je jouerai. Va.

SONIA. Tout de suite. *(Elle s'en va.)*

Dans le jardin, le gardien frappe sur sa planchette.

ÉLÉNA ANDRÉEVNA. Il y a longtemps que je n'ai pas joué. Je vais jouer et pleurer, pleurer comme une idiote. *(Par la fenêtre.)* C'est toi qui frappes, Efim ?

VOIX DU GARDIEN. Oui !

ÉLÉNA ANDRÉEVNA. Arrête de frapper, monsieur est souffrant.

VOIX DU GARDIEN. Je m'en vais tout de suite ! *(Il siffle.)* Eh, oh, Joutchka, Maltchik ! Joutchka* !

Pause.

SONIA *(de retour)*. C'est non !

Rideau.

* Deux noms de chien (ou, plus précisément, d'une chienne et d'un chien).

ACTE III

Le salon dans la maison de Sérébriakov. Trois portes : à droite, à gauche et au milieu. – Dans la journée.

Voïnitski et Sonia sont assis ; Eléna Andréevna, plongée dans ses pensées, déambule sur la scène.

VOÏNITSKI. Herr professor a daigné exprimer le désir de nous voir tous réunis dans ce salon à une heure. *(Il regarde l'heure.)* Une heure moins le quart. Il veut faire une déclaration au peuple.

ÉLÉNA ANDRÉEVNA. Une affaire importante, sans doute.

VOÏNITSKI. Une affaire importante, lui !... Il écrit des sottises, il grogne, il est jaloux, un point c'est tout.

SONIA *(sur un ton de reproche)*. Mon oncle !

VOÏNITSKI. Bon, bon, pardon. *(Il désigne Eléna Andréevna.)* Admirez ça : elle marche, et elle chaloupe de paresse. Charmant ! Vraiment charmant !

ÉLÉNA ANDRÉEVNA. Vous bourdonnez à longueur de journée, vous bourdonnez tout le temps – ça ne vous fatigue pas ? *(Avec douleur.)* Je meurs d'ennui, je ne sais pas quoi faire.

SONIA *(haussant les épaules).* Est-ce que ce sont les choses à faire qui manquent ? Il suffirait de vouloir.

ÉLÉNA ANDRÉEVNA. Par exemple ?

SONIA. Occupe-toi du domaine, instruis, soigne. Que sais-je ? Quand vous ne viviez pas ici, papa et toi, oncle Vania et moi, nous allions nous-mêmes au marché vendre la farine.

ÉLÉNA ANDRÉEVNA. Je ne sais pas faire ça. Et puis, ça n'a pas d'intérêt. C'est seulement dans les romans à thèse qu'on instruit et qu'on soigne les paysans, et comment irais-je, moi, comme ça, de but en blanc, me mettre d'un seul coup à les instruire et les soigner ?

SONIA. Eh bien, moi, ce que je ne comprends pas, c'est comment faire pour ne pas y aller, les instruire. Attends un peu, tu t'y feras aussi. *(Elle la prend dans ses bras.)* Ne t'ennuie pas, ma gentille. *(Riant.)* Tu t'ennuies, tu erres comme une âme en peine, mais l'ennui et l'oisiveté sont contagieux. Regarde : oncle Vania ne fait rien, il est là, il te suit comme ton ombre, moi, j'ai abandonné mes affaires et j'ai couru chez toi, pour bavarder un peu. Je suis devenue d'une paresse, ce n'est plus possible. Le docteur Mikhaïl Lvovitch, avant, il venait chez nous très rarement, une fois par mois, c'était très difficile de le faire venir, et maintenant, il vient là tous les jours, il a laissé en plan ses forêts et la médecine. Tu es une sorcière, il faut croire.

VOÏNITSKI. Pourquoi ces airs languides ? *(Vivement.)* Allons, ma très chère, ma somptueuse, un peu de jugeote ! Dans vos veines coule du sang de sirène, eh bien, soyez sirène ! Laissez-vous le champ libre une fois dans votre vie, entichez-vous vite d'un démon des eaux – et, plouf, au marais, la tête la première, pour que herr professor et nous tous, nous en restions les bras ballants.

ÉLÉNA ANDRÉEVNA *(avec colère).* Laissez-moi tranquille ! Comme c'est cruel ! *(Elle veut partir.)*

VOÏNITSKI *(la retenant).* Allons, allons, ma joie, pardon… Je m'excuse. *(Il lui baise la main.)* Paix.

ÉLÉNA ANDRÉEVNA. Un ange même perdrait patience, convenez-en.

VOÏNITSKI. En signe de paix et de concorde je vous apporte à l'instant un bouquet de roses ; je vous l'ai préparé pas plus tard que ce matin. Des roses de l'automne – roses douces et tristes*…

Il sort.

SONIA. Des roses de l'automne – roses douces et tristes…

* Vers d'un très mauvais – et très célèbre – poème romantique.

Toutes deux regardent par la fenêtre.

ÉLÉNA ANDRÉEVNA. Déjà septembre. Dire qu'il faudra passer l'hiver ici !

Pause.

Où est le docteur ?

SONIA. Dans la chambre d'oncle Vania. Il est en train d'écrire. Je suis contente qu'oncle Vania soit parti, il faut que je te parle.

ÉLÉNA ANDRÉEVNA. De quoi ?

SONIA. De quoi ?

Elle pose sa tête sur la poitrine d'Eléna Andréevna.

ÉLÉNA ANDRÉEVNA. Allons, ça va, ça va… *(Lui caressant les cheveux.)* Ça va.

SONIA. Je ne suis pas belle.

ÉLÉNA ANDRÉEVNA. Tu as des cheveux splendides.

SONIA. Non ! *(Elle se retourne, pour se regarder dans une glace.)* Non ! Quand une femme n'est pas belle, on lui dit : "Vous avez des yeux splendides, vous avez des cheveux splendides…" Je l'aime depuis six ans déjà, je l'aime plus que ma mère ; je l'entends à chaque minute, je sens sa main qui serre la mienne ; je regarde la porte, j'attends, j'ai toujours l'impression qu'il va entrer à l'instant même. Et, voilà, tu vois, je viens sans arrêt te trouver, pour parler de lui. Maintenant, il vient là tous les jours, mais il ne me regarde pas, il ne me voit pas… C'est une telle souffrance ! Je n'ai aucun espoir, aucun, aucun ! *(Désespérée.)* Oh, mon Dieu, donne-moi la force… J'ai prié toute la nuit… Je m'approche souvent de lui, j'engage la conversation, je le regarde dans les yeux… Je n'ai déjà plus de fierté, je n'ai plus la force de me dominer… Je n'y ai pas tenu, et j'ai avoué, hier, à oncle Vania, que j'aimais… Et tous les domestiques, ils le savent, que je l'aime. Tout le monde le sait.

ÉLÉNA ANDRÉEVNA. Et lui ?

SONIA. Non. Il ne me remarque pas.

ÉLÉNA ANDRÉEVNA *(pensive).* Il est étrange comme homme… Tu sais quoi ? Laisse-moi, je vais lui parler… Avec délicatesse, par allusions…

Pause.

C'est vrai, combien de temps vivre encore dans cette incertitude… Laisse-moi faire !

Sonia hoche la tête affirmativement.

Splendide. Soit il aime, soit il n'aime pas, ce n'est pas difficile à savoir. Ne t'en fais pas, ma petite colombe, ne t'inquiète pas – je l'interrogerai avec délicatesse, il ne s'en apercevra même pas. Nous voulons juste savoir si c'est oui ou si c'est non.

Pause.

Si c'est non, qu'il ne vienne plus. D'accord ?

Sonia hoche la tête affirmativement.

C'est plus facile, quand on ne se voit pas. On ne va pas attendre cent sept ans, on va l'interroger sur l'heure. Il voulait me montrer des graphiques… Va lui dire que je veux le voir.

SONIA *(saisie d'une forte émotion).* Tu me diras toute la vérité ?

ÉLÉNA ANDRÉEVNA. Oui, bien sûr. J'ai l'impression que la vérité, quelle qu'elle soit, est tout de même moins effrayante que l'incertitude… Fais-moi confiance, ma petite colombe.

SONIA. Oui, oui… Je dirai que tu veux voir ses graphiques… *(Elle sort et s'arrête devant la porte.)* Non, l'incertitude, c'est mieux… Il reste quand même l'espoir…

ÉLÉNA ANDRÉEVNA. Tu dis ?

SONIA. Rien.

Elle sort.

ÉLÉNA ANDRÉEVNA *(seule).* Il n'y a rien de pire que de connaître le secret de quelqu'un et de ne pas pouvoir l'aider. *(Réfléchissant.)* Il n'est pas amoureux d'elle – c'est clair, mais pourquoi ne l'épouserait-il pas ? Elle est loin d'être belle, mais, pour un médecin de campagne, vu l'âge qu'il a, elle ferait un parti splendide. Fine, pure, et si gentille… Non, ce n'est pas ça, pas ça…

Pause.

Je la comprends, cette pauvre petite. Dans cet ennui désespéré, quand, à la place des gens autour de soi, flottent on ne sait quelles taches grises, qu'on n'entend rien que des trivialités, quand tout ce qu'on fait, c'est manger, boire et dormir, il apparaît, lui, qui ne ressemble pas aux autres, beau, intéressant, séduisant, comme la lune claire dans la nuit obscure... Se livrer au charme d'un tel homme, s'oublier... J'ai l'impression que, moi-même, je suis un peu séduite. Oui, sans lui, je m'ennuie, et voilà que je souris quand je pense à lui... Cet Oncle Vania dit que dans mes veines coule un sang de sirène. "Laissez-vous le champ libre ne serait-ce qu'une seule fois dans votre vie." Qui sait ?... Peut-être, c'est ça qu'il faut... M'envoler, comme un oiseau libre, loin de vous tous, loin de vos faces endormies, de vos conversations, oublier que, vous autres, vous existez sur terre... Mais je suis peureuse, timide... Les remords me rongeront... Voilà, il vient là tous les jours, je devine pourquoi il vient, et je me sens déjà coupable, je suis prête à tomber à genoux devant Sonia, à m'excuser, pleurer...

ASTROV *(entrant avec un cartogramme*).* Bonjour ! *(Il lui serre la main.)* Vous vouliez voir mes barbouillages ?

* Carte sur laquelle on représente à l'aide de couleurs, de courbes ou de hachures des données économiques, écologiques, etc.

ÉLÉNA ANDRÉEVNA. Hier, vous avez promis de me montrer vos travaux... Vous êtes libre ?

ASTROV. Oh, bien sûr. *(Il déroule un cartogramme sur une table de jeu et l'y fixe avec des punaises.)* Où êtes-vous née ?

ÉLÉNA ANDRÉEVNA *(l'aidant).* A Pétersbourg.

ASTROV. Et où avez-vous fait vos études ?

ÉLÉNA ANDRÉEVNA. Au Conservatoire.

ASTROV. Ça n'aura aucun intérêt pour vous, à mon avis.

ÉLÉNA ANDRÉEVNA. Pourquoi ? C'est vrai que je ne connais pas la campagne, mais j'ai beaucoup lu.

ASTROV. Ici, dans cette maison, j'ai ma table à moi... Dans la chambre d'Ivan Petrovitch. Quand je suis à bout de fatigue, proche de l'abrutissement complet, j'abandonne tout, j'accours ici, et je m'amuse avec ce machin-là, pendant une heure ou deux. Ivan Petrovitch et Sofia Alexandrovna font claquer leur boulier*, moi, je suis assis auprès d'eux à ma table, je barbouille – je me sens au chaud, tranquille, et le grillon crie. Mais, ce plaisir, je ne me l'accorde pas souvent, une fois par mois... *(Désignant un endroit sur le cartogramme.)* Maintenant, regardez ici. L'image de notre district, tel qu'il était il y a cinquante ans. Le vert sombre et

* En Russie, le boulier est, à présent encore, d'un usage courant pour tous les comptes.

le vert clair indiquent les forêts ; la moitié de toute la surface est occupée par la forêt. Là où le vert est hachuré de rouge, il y avait des élans, des chevreuils… Je montre en même temps la flore et la faune. Sur ce lac, il y avait des cygnes, des oies, des canards, et, comme disent les vieux, force oiseaux de toute plume, il y en avait à perte de vue ; ils volaient par nuées. En dehors des bourgs et des villages, vous voyez, çà et là, épars, des hameaux, des petites fermes, des ermitages de vieux-croyants*, des moulins à eau… Les bêtes à cornes et les chevaux étaient nombreux. C'est ce que montre le bleu clair. Par exemple, dans ce canton, le bleu clair est très dense ; il y avait là de véritables hordes, et chaque ferme possédait trois chevaux.

Pause.

Maintenant, regardons plus bas. Comment c'était il y a vingt-cinq ans. Cette fois, la forêt n'occupe plus qu'un tiers de toute la superficie. Les chevreuils ont disparu, les élans pas encore. Le vert et le bleu sont déjà plus pâles. Et ainsi de suite, et ainsi de suite. Passons à la troisième partie : l'image du district à l'heure actuelle. Il y a encore du vert çà et là, mais sans continuité – par taches ; les élans,

* Au XVIIe siècle, les vieux-croyants refusèrent les réformes de l'Eglise orthodoxe introduites par le patriarche Nikon. Certains d'entre eux, à l'heure actuelle encore, préfèrent vivre coupés de toute civilisation plutôt que de renoncer aux rites qui sont les leurs.

les cygnes, les coqs de bruyère, tout ça a disparu… les hameaux, les fermes isolées, les ermitages, les moulins – plus trace. Bref, l'image d'une dégénérescence graduelle, incontestable, qui ne demandera manifestement pas plus de dix à quinze ans pour devenir totale. Vous direz qu'il y a là des facteurs culturels, que la vie ancienne devait naturellement faire place à une vie nouvelle. Oui, j'entends bien, si à la place de ces forêts exterminées on avait tracé des routes, des chemins de fer, s'il y avait là des usines, des fabriques, des écoles – les gens seraient en meilleure santé, ils seraient plus riches, plus intelligents – mais, là, rien de semblable ! Dans le district, ce sont les mêmes marais, les moustiques, le même manque de routes, la misère, le typhus, la diphtérie, les incendies… Nous avons affaire à une dégénérescence résultant d'une lutte inhumaine pour la vie ; une dégénérescence provenant de la routine, de l'ignorance, de la plus totale absence de conscience de soi, quand l'homme glacé, affamé, malade, pour sauver ce qui lui reste de vie, pour préserver ses enfants, instinctivement, inconsciemment, se jette sur tout ce qui peut le rassasier, le réchauffer, et qu'il détruit tout, sans penser au lendemain… Tout, déjà, presque, est détruit, mais, en retour, rien n'est encore créé. *(Avec froideur.)* Je vois à votre visage que ça ne vous intéresse pas.

ÉLÉNA ANDRÉEVNA. Mais je m'y entends si peu, à ces choses-là…

ASTROV. Ce n'est même pas une question de s'y entendre ; simplement, ça ne vous intéresse pas.

ÉLÉNA ANDRÉEVNA. A parler franc, mes pensées sont ailleurs. Pardonnez-moi. Je dois vous faire subir un petit interrogatoire, et je suis un peu gênée, je ne sais pas par où commencer.

ASTROV. Un interrogatoire ?

ÉLÉNA ANDRÉEVNA. Oui, un interrogatoire, mais... assez innocent. Asseyons-nous !

Ils s'assoient.

Il s'agit d'une jeune personne. Nous parlerons en honnêtes gens, en bons amis, sans détour. Nous parlerons, et puis nous oublierons le sujet de notre conversation. Oui ?

ASTROV. Oui.

ÉLÉNA ANDRÉEVNA. Il s'agit de ma belle-fille, Sonia. Elle vous plaît ?

ASTROV. Oui, j'ai de l'estime pour elle.

ÉLÉNA ANDRÉEVNA. Elle vous plaît en tant que femme ?

ASTROV *(après un temps)*. Non.

ÉLÉNA ANDRÉEVNA. Deux, trois mots encore, et c'est tout. Vous n'avez rien remarqué ?

ASTROV. Rien.

ÉLÉNA ANDRÉEVNA *(lui prenant la main).* Vous ne l'aimez pas, je le vois dans vos yeux... Elle souffre... Comprenez cela et... cessez de venir ici.

ASTROV *(il se lève).* Ma vie est faite... Et puis, je n'ai pas le temps... *(Après avoir haussé les épaules.)* Quand voudriez-vous que...

Il est gêné.

ÉLÉNA ANDRÉEVNA. Ouf, quelle conversation désagréable ! Je suis si émue, à croire que je viens de porter un poids d'une tonne. Bien, Dieu soit loué, c'est fini. Oublions, comme si nous n'avions pas parlé du tout, vous et moi, et... et partez. Vous êtes un homme intelligent, vous comprendrez...

Pause.

J'en suis devenue toute rouge.

ASTROV. Si vous me l'aviez dit il y a un mois ou deux, j'aurais peut-être encore pu réfléchir, mais, maintenant... *(Il hausse les épaules.)* Et, si elle souffre, alors... bien sûr... Il y a seulement une chose que je ne comprends pas : à quoi vous servait-il, cet interrogatoire ? *(Il la regarde dans les yeux et la menace du doigt.)* Vous êtes une rusée !

ÉLÉNA ANDRÉEVNA. Qu'est-ce que ça veut dire ?

ASTROV *(riant).* Une rusée ! Mettons que Sonia souffre, je l'admets volontiers, mais à quoi est-ce qu'il rime, votre interrogatoire ? *(L'empêchant de parler, vivement.)* Permettez, ne prenez pas cet air surpris, vous savez parfaitement pourquoi je viens ici tous les jours… Pourquoi et pour qui je viens, vous le savez parfaitement. Ma petite carnassière, ne me regardez pas comme ça, je suis un vieux corbeau…

ÉLÉNA ANDRÉEVNA *(interloquée).* Carnassière ? Je n'y comprends rien du tout.

ASTROV. Ma jolie belette, ma toute soyeuse… Il vous faut des victimes ! Voilà un mois entier que je ne fais plus rien, j'ai tout abandonné, je vous cherche avidement – et vous, c'est affreux ce que ça vous plaît – c'est affreux… Voilà, ça y est : je suis vaincu, vous le saviez même avant cet interrogatoire. *(Croisant les bras et baissant la tête.)* Je me rends. Prenez, mangez!

ÉLÉNA ANDRÉEVNA. Mais vous êtes fou !

ASTROV *(avec un rire sardonique).* Vous êtes timide…

ÉLÉNA ANDRÉEVNA. Oh, je suis meilleure, je suis plus noble que vous ne croyez ! Je vous le jure ! *(Elle veut partir.)*

ASTROV *(lui barrant la route).* Je partirai aujourd'hui, je ne reviendrai plus, mais… *(Il lui prend le bras, regarde autour de lui.)* où est-ce que nous allons nous voir ? Dites vite : où ? On peut entrer, dites vite… *(Passionnément.)* Merveilleuse, somptueuse… Rien qu'un baiser… Embrasser seulement vos cheveux parfumés…

ÉLÉNA ANDRÉEVNA. Je vous jure…

ASTROV *(l'empêchant de parler).* Pourquoi jurer ? Il ne faut pas jurer ! Pas de paroles inutiles… Oh, quelle beauté ! Quelles mains ! *(Il lui baise les mains.)*

ÉLÉNA ANDRÉEVNA. Mais ça suffit, à la fin… sortez… *(Elle retire ses mains.)* Vous vous oubliez.

ASTROV. Parlez donc, parlez, où allons-nous nous voir demain ? *(Il la prend par la taille.)* Tu vois, c'est obligé, il faut que nous nous voyions.

Il l'embrasse ; à ce moment, entre Voïnitski, un bouquet de roses à la main – il s'arrête sur le seuil.

ÉLÉNA ANDRÉEVNA *(sans voir Voïnitski).* Epargnez-moi… laissez-moi… *(Elle pose la tête sur la poitrine d'Astrov.)* Non ! *(Elle veut s'en aller.)*

ASTROV *(la retenant par la taille).* Viens demain au domaine forestier… vers deux heures… Oui ? Oui ? Tu viendras ?

ÉLÉNA ANDRÉEVNA *(apercevant Voïnitski).* Laissez-moi ! *(Terriblement gênée, elle se retire vers la fenêtre.)* C'est affreux.

VOÏNITSKI *(il pose le bouquet sur une chaise ; bouleversé, il s'essuie le visage et le cou avec un mouchoir).* Ce n'est rien… Non… Ce n'est rien…

ASTROV *(rembruni).* Aujourd'hui, très cher Ivan Petrovitch, il ne fait pas trop mauvais. Ce matin, le ciel était couvert, on aurait dit qu'il allait pleuvoir, et maintenant – du soleil. A dire vrai, l'automne est splendide… et les blés d'hiver non plus, ils ne viennent pas mal. *(Il roule son cartogramme.)* Mais voilà : les jours ont raccourci… *(Il sort.)*

ÉLÉNA ANDRÉEVNA *(s'approchant vivement de Voïnitski).* Faites votre possible, usez de toute votre influence pour que mon mari et moi nous partions d'ici aujourd'hui même ! Vous entendez ? Aujourd'hui même !

VOÏNITSKI *(s'essuyant le visage).* Ah ? Bon, oui… Bien… *Hélène*, j'ai tout vu, tout…

ÉLÉNA ANDRÉEVNA *(avec nervosité).* Vous entendez ? Il faut que je parte d'ici aujourd'hui même !

Entrent Sérébriakov, Sonia, Téléguine et Marina.

TÉLÉGUINE. Moi-même, Votre Excellence, je ne me sens pas très bien. Voilà déjà deux jours que je suis patraque. La tête, ou quoi, qui…

SÉRÉBRIAKOV. Où sont donc les autres ? Je n'aime pas cette maison. Un vrai labyrinthe. Vingt-six pièces immenses, chacun parti de son côté, pas moyen de trouver qui que ce soit. *(Il sonne.)* Faites venir Maria Vassilievna et Eléna Andréevna !

ÉLÉNA ANDRÉEVNA. Je suis là.

SÉRÉBRIAKOV. Je vous en prie, messieurs-dames, prenez place.

SONIA *(s'approchant d'Eléna Andréevna ; avec impatience).* Qu'est-ce qu'il a dit ?

ÉLÉNA ANDRÉEVNA. Plus tard.

SONIA. Tu trembles ? Tu es toute remuée ? *(Scrutant son visage.)* Je comprends… Il a dit qu'il ne viendrait plus… C'est ça ?

Pause.

Dis-moi : c'est ça ?

Eléna Andréevna fait un signe de tête affirmatif.

SÉRÉBRIAKOV *(à Téléguine).* La mauvaise santé, on peut encore faire avec, tant bien que mal, mais, ce que je n'arrive pas à digérer, c'est le mode de vie de la campagne. L'impression que j'ai, c'est que je suis tombé de la terre sur une sorte de planète inconnue. Prenez place, messieurs-dames, je vous le demande. Sonia !

Sonia ne l'entend pas, elle reste debout, la tête baissée avec tristesse.

Sonia !

Pause.

Elle n'entend pas. *(A Marina.)* Toi aussi, nounou, assieds-toi.

Marina s'assied et tricote un bas.

Je vous en prie, messieurs-dames. Rivez, comme on dit, vos oreilles au clou de l'attention. *(Il rit.)*

VOÏNITSKI *(dans son émotion).* On n'a peut-être pas besoin de moi ? Je peux m'en aller ?

SÉRÉBRIAKOV. Non, c'est de toi qu'on a le plus besoin.

VOÏNITSKI. Que puis-je pour votre service ?

SÉRÉBRIAKOV. Votre… Pourquoi est-ce que tu es fâché ?

Pause.

Si j'ai des torts à ton égard, pardonne-moi, je te prie.

VOÏNITSKI. Laisse ce ton. Allons droit au fait. Qu'est-ce que tu veux ?…

Entre Maria Vassilievna.

SÉRÉBRIAKOV. Et voilà *maman*. Je commence, messieurs-dames.

Pause.

Je vous ai invités, messieurs, pour vous apprendre qu'il nous arrive un révizor*. Mais, assez ri. L'affaire est sérieuse. Messieurs-dames, je vous ai réunis pour vous demander aide et conseil, et, connaissant votre indéfectible obligeance, j'espère les obtenir. Je suis un homme de science, un homme de livres, j'ai toujours été étranger à la vie pratique. Me passer des indications des spécialistes, je ne le peux pas, et je te demande, à toi Ivan Petrovitch, à vous, Ilia Ilitch, et à vous, *maman*… Le problème est que *manet omnes una nox* **, je veux dire que nous

* Première phrase du *Révizor* de Gogol.

** "Une même nuit nous attend tous." (Citation d'Horace, *Odes*, I, 28.)

sommes tous dans la main de Dieu ; je suis vieux, malade, et c'est pourquoi je trouve qu'il est temps d'ordonnancer mes relations patrimoniales pour autant qu'elles touchent à ma famille. Ma vie est déjà finie, je ne pense pas à moi, mais j'ai une épouse qui est jeune, une fille encore jeune fille.

Pause.

Continuer de vivre à la campagne m'est impossible. Nous ne sommes pas faits pour la campagne. Or, vivre en ville avec l'argent qui nous vient de ce domaine, c'est impossible. Vendre, admettons, la forêt, c'est une mesure exceptionnelle, à laquelle on ne peut pas avoir recours chaque année. Il faut trouver des mesures qui nous garantissent un revenu constant, plus ou moins régulier. De ces mesures, j'en ai trouvé une, et j'ai l'honneur de la soumettre à votre approbation. Passons sur le détail, je vous l'expose dans les grandes lignes. Notre domaine ne rapporte, en moyenne, pas plus de deux pour cent. Je propose de le vendre. Si nous convertissons la somme ainsi dégagée en titres au porteur, nous toucherons de quatre à cinq pour cent, et je crois qu'il y aura même un excédent de quelques milliers de roubles, de quoi acheter une petite datcha en Finlande.

VOÏNITSKI. Attends… J'ai dû mal entendre. Répète ce que tu as dit.

SÉRÉBRIAKOV. Convertir l'argent en titres au porteur et, avec l'excédent qui restera, acheter une datcha en Finlande.

VOÏNITSKI. Pas la Finlande… Tu as dit autre chose encore.

SÉRÉBRIAKOV. Je propose de vendre le domaine.

VOÏNITSKI. Oui, c'est bien ça. Tu vends le domaine, bravo, riche idée… Et où veux-tu qu'on aille, la vieille mère et moi, et Sonia ?

SÉRÉBRIAKOV. Ça, nous en débattrons le moment venu. Chaque chose en son temps.

VOÏNITSKI. Attends. C'est sûr, je n'ai pas eu un grain de bon sens, jusqu'à présent. Jusqu'à présent, j'avais eu la bêtise de penser que ce domaine appartenait à Sonia. Mon défunt père avait acheté ce domaine en dot pour ma sœur. Jusqu'à présent, j'étais naïf, je ne pensais pas que les lois étaient du chinois, je croyais que le domaine était passé de ma sœur à Sonia.

SÉRÉBRIAKOV. Oui, le domaine appartient à Sonia. Qui dit le contraire ? Sans l'accord de Sonia, je ne prendrai pas sur moi de le vendre. De plus, j'ai l'intention de le faire pour le bien de Sonia.

VOÏNITSKI. C'est inouï ! Inouï ! Soit je suis devenu fou, soit… soit…

MARIA VASSILIEVNA. Jean, ne contredis pas Alexandre. Fais-lui confiance, il sait mieux que nous ce qui est bien et ce qui est mal.

VOÏNITSKI. Non, donnez-moi de l'eau. *(Il boit de l'eau.)* Dites ce que vous voulez, ce que vous voulez !

SÉRÉBRIAKOV. Je ne comprends pas pourquoi tu es tellement ému. Je ne dis pas que mon projet soit idéal. Si tout le monde y trouve à redire, je n'insisterai pas.

Pause.

TÉLÉGUINE *(émotionné)*. Votre Excellence, je nourris envers la science non seulement de la vénération mais des sentiments familiaux. La femme de mon frère Grigori Ilitch, son frère, peut-être, vous daignez le connaître, Konstantin Trofimovitch Lakédémonov, il était maître ès arts...

VOÏNITSKI. Attends, La Gaufre, on parle sérieusement... Attends un peu, plus tard... *(A Sérébriakov.)* Lui, tiens, demande-lui. Ce domaine, il a été acheté à son oncle.

SÉRÉBRIAKOV. Et pourquoi irais-je lui demander ? Pour quoi faire ?

VOÏNITSKI. Ce domaine a été acheté, à l'époque, quatre-vingt-quinze mille roubles. Mon père n'en a payé que soixante-dix, il est resté vingt-cinq mille roubles de dettes. Maintenant, écoutez... Ce domaine, il n'aurait pas été acheté si je n'avais pas renoncé à mon héritage au profit de ma sœur, que j'aimais profondément. Bien plus, j'ai trimé dix ans comme un bœuf, j'ai remboursé toute la dette...

SÉRÉBRIAKOV. Je regrette d'avoir engagé cette conversation.

VOÏNITSKI. Si le domaine est libre de dettes, s'il n'est pas ruiné, c'est uniquement grâce à ma peine à moi. Et voilà, maintenant que je suis vieux, on veut me jeter dehors !

SÉRÉBRIAKOV. Je ne comprends pas ce que tu cherches !

VOÏNITSKI. Vingt-cinq ans durant j'ai dirigé ce domaine, j'ai travaillé, je t'ai envoyé de l'argent, comme le plus scrupuleux des régisseurs, et, pendant tout ce temps-là, pas une seule fois tu ne m'as remercié. Pendant tout ce temps-là – quand j'étais jeune et maintenant – j'ai reçu de toi un salaire de cinq cents roubles par an – un salaire de misère ! – et pas une seule fois tu n'as pensé à m'augmenter ne serait-ce que d'un rouble !

SÉRÉBRIAKOV. Ivan Petrovitch, qu'est-ce que j'en savais, moi ? Je ne suis pas un homme pratique et je n'y entends rien. Tu aurais pu t'augmenter toi-même autant que tu voulais.

VOÏNITSKI. Pourquoi est-ce que je n'ai pas volé ? Pourquoi est-ce que vous ne me méprisez pas, vous tous, de ne pas avoir volé ? Ça n'aurait été que justice, et, maintenant, je n'en serais pas réduit à mendier !

MARIA VASSILIEVNA *(avec sévérité)*. Jean !

TÉLÉGUINE *(ému)*. Vania, mon petit ami, il ne faut pas, il ne faut pas... je tremble... A quoi bon gâcher la bonne entente ? *(Il l'embrasse.)* Il ne faut pas.

VOÏNITSKI. Vingt-cinq ans durant, moi, avec cette mère-là, je suis resté comme une taupe, entre ces quatre murs… Toutes nos pensées, toutes nos émotions, elles t'appartenaient à toi seul. Le jour, nous parlions de toi, de tes travaux, nous étions fiers de toi, nous prononcions ton nom avec vénération ; nos nuits, nous les perdions à lire des revues et des livres que maintenant je méprise profondément !

TÉLÉGUINE. Il ne faut pas, Vania, il ne faut pas… Je ne peux pas…

SÉRÉBRIAKOV *(avec colère)*. Je ne comprends pas ce que tu cherches.

VOÏNITSKI. Pour nous, tu étais un être supérieur, et, tes articles, nous les connaissions par cœur… Mais maintenant mes yeux se sont ouverts ! Je vois tout ! Tu écris sur l'art mais tu ne comprends rien à l'art ! Tous tes travaux que j'aimais, ils ne valent pas un sou ! Tu nous jetais de la poudre aux yeux !

SÉRÉBRIAKOV. Messieurs ! Mais calmez-le, à la fin ! Je m'en vais !

ÉLÉNA ANDRÉEVNA. Ivan Petrovitch, j'exige que vous vous taisiez ! Vous entendez ?

VOÏNITSKI. Je ne me tairai pas. *(Barrant la route à Sérébriakov.)* Attends, je n'ai pas fini ! Tu as détruit ma vie ! Je n'ai pas vécu, pas vécu ! Pour tes beaux yeux, j'ai exterminé, anéanti les meilleures années de ma vie ! Tu es mon pire ennemi.

TÉLÉGUINE. Je ne peux pas... je ne peux pas... Je m'en vais... *(Profondément ému, il s'en va.)*

SÉRÉBRIAKOV. Qu'est-ce que tu veux de moi ? Et quel droit as-tu de me parler sur ce ton ? Nullité ! Si le domaine est à toi, prends-le, je n'en ai pas besoin !

ÉLÉNA ANDRÉEVNA. Je quitte cet enfer à l'instant même ! *(Elle crie.)* Je ne peux pas y tenir une minute de plus !

VOÏNITSKI. Perdue, la vie ! J'ai des talents, des dons, du courage... Si j'avais eu une vie normale, j'aurais pu faire un Schopenhauer, un Dostoïevski... Je perds la tête ! Je deviens fou... Maman, je suis désespéré ! Maman !

MARIA VASSILIEVNA *(d'une voix sévère).* Obéis à Alexandre !

SONIA *(se mettant à genoux devant sa nourrice et se serrant contre elle).* Ma petite nounou ! Ma petite nounou !

VOÏNITSKI. Maman ! Qu'est-ce que je dois faire ? Non, non, ne dites rien ! Je sais moi-même ce que je dois faire ! *(A Sérébriakov.)* Tu n'es pas près de m'oublier !

Il sort par la porte du milieu.

Maria Vassilievna le suit.

SÉRÉBRIAKOV. Messieurs-dames, mais qu'est-ce que c'est, à la fin ? Débarrassez-moi de ce fou !

C'est impossible que je vive sous le même toit que lui ! Il habite ici *(il indique la porte du milieu)*, presque à côté de moi... Qu'il aille vivre au village, ou dans les communs, sans quoi c'est moi qui vais déménager, mais rester avec lui dans la même maison, c'est impossible...

ÉLÉNA ANDRÉEVNA *(à son mari)*. Nous partons d'ici aujourd'hui même ! Il faut absolument donner des ordres tout de suite.

SÉRÉBRIAKOV. Espèce de nullité !

SONIA *(toujours à genoux, se tournant vers son père ; d'une voix exaspérée, au bord des larmes)*. Il faut être charitable, papa ! Oncle Vania et moi, nous sommes si malheureux ! *(Contenant son désespoir.)* Il faut être charitable ! Souviens-toi, quand tu étais plus jeune, oncle Vania et grand-mère, la nuit, ils traduisaient des livres pour toi, ils recopiaient tes papiers... des nuits entières, des nuits entières ! Oncle Vania et moi, on travaillait sans répit, on avait peur de dépenser le moindre sou pour nous-mêmes, on t'envoyait tout... On ne volait pas notre pain ! Ce n'est pas ça que je dis, je ne dis pas ça, mais il faut que tu nous comprennes, papa. Il faut être charitable !

ÉLÉNA ANDRÉEVNA *(avec émotion, à son mari)*. Alexandre, au nom du ciel, explique-toi avec lui... Je t'en conjure.

SÉRÉBRIAKOV. C'est bon, je m'expliquerai avec lui... Je ne l'accuse de rien, je ne lui en veux pas, mais, convenez-en, sa conduite est pour le moins étrange. Si vous y tenez, je vais aller le voir.

Il sort par la porte du milieu.

ÉLÉNA ANDRÉEVNA. Sois plus doux avec lui, apaise-le…

Elle sort à sa suite.

SONIA *(se serrant contre sa nourrice).* Ma petite nounou ! Ma petite nounou !

MARINA. C'est rien, ma petite fille. Ils vont crier, les jars, et ils vont se taire après… Ils vont crier – et ils vont se taire.

SONIA. Ma petite nounou !

MARINA *(lui caressant la tête).* Tu trembles, comme par temps de gel ! Allons, allons, ma petite orpheline, Il a de la charité, le bon Dieu. Un peu de tilleul ou de tisane de framboise, et c'est fini… Sois pas triste, ma petite orpheline… *(Regardant la porte du milieu – la rage au cœur.)* Non mais, les jars, qu'ils aillent au diable, avec leurs prises de bec !

En coulisse, un coup de feu ; on entend un cri d'Eléna Andréevna ; Sonia est prise d'un tressaillement.

Ouh, espèce de !…

SÉRÉBRIAKOV *(entre en courant, titubant de peur).* Retenez-le ! Retenez-le ! Il est fou !

Eléna Andréevna et Voïnitski luttent sur le seuil.

ÉLÉNA ANDRÉEVNA *(s'efforçant de lui arracher son revolver).* Donnez, donnez, on vous dit !

VOÏNITSKI. Laissez, *Hélène* ! Laissez-moi ! *(Se libérant, il entre en courant et cherche des yeux Sérébriakov.)* Où il est ? Ah, le voilà ! *(Il tire sur lui.)* Pan !

Pause.

Raté ? Encore manqué ? *(Avec colère.)* Ah, le diable, le diable !... que le diable l'emporte... *(Il jette le revolver par terre, et, épuisé, s'assied sur une chaise.)*

Sérébriakov est abasourdi ; Eléna Andréevna s'est adossée au mur – elle se sent mal.

ÉLÉNA ANDRÉEVNA. Emmenez-moi d'ici ! Emmenez-moi, tuez-moi, mais... je ne peux pas rester ici, je ne peux pas !

VOÏNITSKI *(au désespoir).* Oh, qu'est-ce que je fais ! Qu'est-ce que je fais !

SONIA *(doucement).* Ma petite nounou ! Ma petite nounou !

Rideau.

ACTE IV

La chambre d'Ivan Petrovitch, à la fois chambre à coucher et bureau pour les affaires du domaine. Devant la fenêtre, une grande table avec des livres de comptes et des papiers de toutes sortes, un petit comptoir, des armoires, des balances. Une table un peu plus petite pour Astrov ; sur cette table, du matériel à dessin, de la peinture ; à côté, un carton à dessin. Une cage avec un sansonnet. Au mur, une carte d'Afrique dont manifestement personne ici n'a l'usage. Un énorme divan tendu de moleskine. A gauche, une porte donnant sur l'intérieur de la maison ; à droite, une porte donnant sur le vestibule ; devant la porte de droite on a posé une serpillière pour éviter que les paysans ne salissent. Soir d'automne. Silence.

Téléguine et Marina sont assis l'un en face de l'autre et enroulent de la laine pour un bas.

TÉLÉGUINE. Si vous pouviez aller plus vite, Marina Timoféevna, ils vont nous appeler pour les adieux. Ils ont déjà fait demander les chevaux.

MARINA *(s'efforçant d'enrouler la laine plus vite).* Je suis presque au bout.

TÉLÉGUINE. Ils partent pour Kharkov. Là-bas, qu'ils vont habiter.

MARINA. Tant mieux.

TÉLÉGUINE. Ils se sont fait une de ces peurs… Eléna Andréevna, "même une heure, elle disait, je ne veux plus vivre ici… partons et partons… Allons vivre, elle disait, à Kharkov, le temps de voir venir, après, on enverra chercher les meubles…" Ils partent sans rien. Donc, Marina Timoféevna, ce n'était pas leur destin, de vivre ici… Pas leur destin… Une prédestination fatale.

MARINA. Tant mieux. Tout à l'heure, un de ces raffuts qu'ils ont fait, une canonnade – la honte !

TÉLÉGUINE. Oui, un sujet digne du pinceau d'Aïvazovski*.

MARINA. Valait mieux être aveugle que de voir ça.

Pause.

On va revivre comme avant, à l'ancienne. Le matin, sur le coup de sept heures, le thé, vers les une heure, le déjeuner, le soir, on se retrouve à dîner ; tout dans l'ordre, comme il faut… comme des chrétiens. *(Dans un soupir.)* Longtemps y a-t-il,

* Célèbre peintre de marines.

pauvre pécheresse, que je n'ai pas mangé de nouilles…

TÉLÉGUINE. Oui, des siècles qu'on n'a pas eu de nouilles dans cette maison.

Pause.

Des siècles… Ce matin, Marina Timoféevna, je traversais le village, et l'épicier, là, dans mon dos : "Eh, toi, le pique-assiette !" Ça m'a fait tellement mal !

MARINA. Laisse dire, mon bon monsieur. Devant le bon Dieu, on est tous des pique-assiette. Toi, Sonia, Ivan Petrovitch – personne reste sans rien faire, tous on travaille ! Tous… Où est Sonia ?

TÉLÉGUINE. Dans le jardin. Elle est toujours avec le docteur, elle cherche Ivan Petrovitch. Ils craignent qu'il n'attente à ses jours.

MARINA. Et où il est, son pistolet ?

TÉLÉGUINE *(chuchotant).* Je l'ai caché dans le cellier !

MARINA *(avec une ironie attristée).* Pécheurs que nous sommes !

Voïnitski et Astrov arrivent du dehors.

VOÏNITSKI. Laisse-moi. *(A Téléguine et Marina.)* Sortez d'ici, laissez-moi seul ne serait-ce qu'une heure seulement ! J'ai horreur des chaperons !

TÉLÉGUINE. Tout de suite, Vania. *(Il se retire sur la pointe des pieds.)*

MARINA. Un jars – gah gah gah ! *(Elle ramasse sa laine et s'en va.)*

VOÏNITSKI. Laisse-moi !

ASTROV. Bien volontiers, il y a longtemps que je dois partir d'ici, mais, je le répète, je ne partirai pas avant que tu m'aies rendu ce que tu m'as pris.

VOÏNITSKI. Je ne t'ai rien pris.

ASTROV. Je parle sérieusement – ne me retarde pas. Il y a longtemps que je devrais être parti.

VOÏNITSKI. Mais je ne t'ai rien pris.

Tous deux s'assoient.

ASTROV. Vraiment ? Bon, j'attendrai encore un peu, et après, excuse-moi, je serai obligé d'employer la force. On te ligotera et on te fouillera. Je parle tout à fait sérieusement.

VOÏNITSKI. A ton aise.

Pause.

Faire l'idiot à ce point : tirer deux fois, et deux fois à côté ! Ça, je ne me le pardonnerai jamais !

ASTROV. Si tu avais envie de tirer, tu n'avais qu'à te faire sauter la cervelle.

VOÏNITSKI *(haussant les épaules)*. Etrange. J'ai fait une tentative de meurtre, et personne ne m'arrête, personne ne me traîne en justice. Donc, on me prend pour un fou. *(Rire méchant.)* Je suis fou, et ceux qui ne sont pas fous, ce sont ceux qui, sous le masque d'un professeur, d'un mage savant, cachent leur nullité, leur balourdise, et leur cœur sec à faire hurler. Ne sont pas folles celles qui se marient avec des vieillards et qui les trompent ensuite, aux yeux de tous. J'ai vu, j'ai vu comment tu la tenais dans tes bras !

ASTROV. Oui, mon cher – dans mes bras. Et pour toi – ça.

Il lui fait un pied de nez.

VOÏNITSKI *(regardant la porte).* Non, c'est la terre qui est folle de vous porter encore !

ASTROV. Eh bien, c'est bête.

VOÏNITSKI. Soit, je suis fou – je suis irresponsable, et j'ai le droit de dire des bêtises.

ASTROV. Renouvelle-toi. Tu n'es pas fou, tu es tout simplement toqué. Un bouffon de bas étage. Avant, je pensais que tous les toqués étaient malades, pas normaux, et maintenant, l'opinion que j'ai, c'est que l'état normal de l'homme est d'être toqué. Tu es parfaitement normal.

VOÏNITSKI *(se cachant le visage entre les mains).* J'ai honte ! Si tu savais comme j'ai honte ! Ce sentiment aigu de honte ne peut se comparer à aucune douleur. *(Avec angoisse.)* C'est insupportable ! *(Il se penche sur la table.)* Qu'est-ce que je peux faire ? Qu'est-ce que je peux faire ?

ASTROV. Rien.

VOÏNITSKI. Donne-moi quelque chose ! Oh, mon Dieu… J'ai quarante-sept ans ; mettons que je vive jusqu'à soixante ans, il m'en reste encore treize. C'est long ! Comment les vivre, ces treize ans ? Que faire pour les remplir ? Oh, tu comprends… *(Il serre fébrilement la main d'Astrov.)* Tu comprends, s'il était possible de passer ce restant de vie d'une façon un tant soit peu nouvelle. Se réveiller par une matinée claire, tranquille, sentir qu'on a recommencé sa vie, que le passé est oublié, s'est dissipé, comme une fumée. *(Il pleure.)* Commencer une nouvelle vie… Dis-moi comment la commencer… par quoi la commencer…

ASTROV *(avec dépit)*. Eh, mais, arrête un peu ! Une vie nouvelle, tu parles ! Notre situation, à toi et à moi, elle est désespérée.

VOÏNITSKI. Vraiment ?

ASTROV. J'en suis persuadé.

VOÏNITSKI. Donne-moi quelque chose… *(Lui montrant son cœur.)* Ça brûle ici.

ASTROV *(criant de colère)*. Arrête ! *(Radouci.)* Ceux qui vivront dans cent ans, deux cents ans, et qui nous mépriseront d'avoir vécu une vie d'une telle bêtise, d'un tel manque de goût, ceux-là, peut-être, ils trouveront le moyen d'être heureux ; nous… Nous autres, nous n'avons qu'un seul espoir. L'espoir, quand nous serons couchés dans le tombeau, d'être distraits par des visions – et des visions, peut-être, même, agréables. *(Il soupire.)* Oui, vieux. Dans tout le district, en tout et pour tout, il n'y a que deux personnes honnêtes, cultivées : toi et moi. Mais d'ici une dizaine d'années, la vie petite-bourgeoise, cette vie méprisable, nous aura engloutis ; de ses exhalaisons putrides, elle a empoisonné notre sang, et nous sommes devenus aussi vulgaires que les autres. *(Vivement.)* Mais n'essaie pas de m'embobiner. Rends-moi plutôt ce que tu m'as pris.

VOÏNITSKI. Je ne t'ai rien pris du tout.

ASTROV. Tu as pris une petite boîte de morphine dans ma pharmacie de route.

Pause.

Ecoute, si elle est vraiment irrésistible, ton envie de te suicider, alors, va-t'en dans la forêt et brûle-toi la cervelle là-bas. La morphine, rends-la-moi, parce que, sinon, ça va faire des ragots, des supputations, on croira que c'est moi qui te l'ai donnée… Moi, ça me suffira déjà d'avoir à faire ton autopsie… Tu crois que ça sera intéressant ?

Entre Sonia.

VOÏNITSKI. Laisse-moi.

ASTROV *(à Sonia)*. Sonia Alexandrovna, votre oncle a fauché une petite boîte de morphine dans ma pharmacie et il refuse de me la rendre. Dites-lui que… ce n'est pas malin, à la fin. Et je n'ai pas le temps, moi. Il faut que j'y aille.

SONIA. Oncle Vania, tu l'as prise, la morphine ?

Pause.

ASTROV. Mais oui. J'en suis sûr.

SONIA. Rends-la. Pourquoi tu nous fais peur ? *(Tendrement.)* Rends-la, oncle Vania ! Je ne suis pas moins malheureuse que toi, peut-être, pourtant je ne suis pas désespérée. Je supporte et je supporterai tant que ma vie ne finira pas d'elle-même… Supporte aussi, toi.

Pause.

Rends-la ! *(Elle lui embrasse les mains.)* Mon cher, mon gentil, mon petit oncle adoré, rends-la ! Tu as bon cœur, tu vas avoir pitié de nous et tu vas la rendre. Supporte, mon oncle ! Supporte !

VOÏNITSKI *(prenant une petite boîte dans son bureau et la tendant à Astrov)*. Tiens, prends ! *(A Sonia.)* Mais il faut vite travailler, vite faire quelque chose, sinon, je ne peux pas… je ne peux pas…

SONIA. Oui, oui, travailler. Dès que nous aurons raccompagné les nôtres, nous nous mettrons au travail… *(Elle feuillette fébrilement les papiers qui sont sur le bureau.)* Tout est à l'abandon chez nous.

ASTROV *(rangeant la petite boîte dans sa pharmacie et resserrant les sangles)*. Maintenant, on peut y aller.

ÉLÉNA ANDRÉEVNA *(entrant).* Ivan Petrovitch, vous êtes là ? Nous partons tout de suite. Allez chez Alexandre, il a quelque chose à vous dire.

SONIA. Vas-y, oncle Vania. *(Elle prend Voïnitski par le bras.)* Allons-y. Papa et toi, vous devez faire la paix. C'est indispensable.

Sonia et Voïnitski s'en vont.

ÉLÉNA ANDRÉEVNA. Je pars. *(Elle tend la main à Astrov.)* Adieu.

ASTROV. Déjà ?

ÉLÉNA ANDRÉEVNA. Les chevaux sont prêts.

ASTROV. Adieu.

ÉLÉNA ANDRÉEVNA. Aujourd'hui, vous m'avez promis que vous partiriez d'ici.

ASTROV. Je m'en souviens. Je pars.

Pause.

Vous avez eu peur ? *(Il lui prend la main.)* Ça fait donc tellement peur ?

ÉLÉNA ANDRÉEVNA. Oui.

ASTROV. Et si vous restiez ? Hein ? Demain, au domaine forestier…

ÉLÉNA ANDRÉEVNA. Non… C'est décidé… Et c'est pour cela que je vous regarde avec tant de courage, parce que le départ est décidé… Je ne vous demande qu'une chose : gardez une meilleure opinion de moi. Je voudrais que vous m'estimiez.

ASTROV. Bah ! *(Un geste d'impatience.)* Restez, je vous le demande. Avouez, en ce monde, vous n'avez rien à faire, de but dans la vie, vous n'en avez aucun, vous n'avez rien pour retenir votre attention, et, tôt ou tard, vous succomberez au sentiment – c'est inévitable. Alors autant vaut que ce ne soit pas à Kharkov, ou, je ne sais pas, à Koursk, mais ici, au sein de la nature… C'est poétique, au moins, même l'automne est beau… Ici, il y a le domaine forestier, des propriétés à moitié délabrées dans le goût de Tourguéniev…

ÉLÉNA ANDRÉEVNA. Comme vous êtes drôle… Je vous en veux, mais, quand même… je me souviendrai de vous avec plaisir. Vous êtes un homme intéressant, original. Nous ne nous verrons plus jamais et donc – pourquoi le cacher ? vous m'avez même un peu séduite. Bah, serrons-nous la main et quittons-nous bons amis. Ne pensez pas à moi en mal.

ASTROV *(après lui avoir serré la main).* Oui, partez… *(Méditatif.)* Vous donnez l'impression, comme ça, d'être quelqu'un de bien, quelqu'un qui a du cœur, mais, en même temps, c'est comme s'il y avait quelque chose d'étrange dans tout votre être. Tenez, vous êtes arrivée, avec votre mari, et tous ceux qui travaillaient, qui s'activaient, qui créaient quelque chose ici, ils ont dû laisser leurs affaires en plan, et, de tout l'été, ne s'occuper que de vous et de la goutte de votre mari. Tous les deux – vous et lui – vous nous avez tous contaminés de votre oisiveté. Vous m'avez séduit, je suis resté un mois entier sans rien faire, et, pendant ce temps-là, des gens tombaient malades, et, dans mes forêts, dans mes pépinières, les paysans faisaient paître leurs bêtes… Ainsi, où que vous alliez, vous et votre mari, partout vous apportez la ruine… Je plaisante, bien sûr, mais, quand même… c'est étrange, mais je suis persuadé que si vous étiez restée, la dévastation aurait été terrible. Je me serais perdu, moi… et, pour vous aussi, ça aurait mal tourné. Eh bien, partez. *Finita la comedia !*

ÉLÉNA ANDRÉEVNA *(prenant sur la table un crayon et le cachant vivement).* Ce crayon, je le prends en souvenir.

ASTROV. C'est un peu étrange… On se connaissait, et, soudain, on ne sait pas pourquoi… on ne se verra jamais plus. Tout est comme ça en ce monde… Tant qu'il n'y a personne ici, tant qu'oncle Vania n'est pas entré avec son bouquet, permettez-moi… de vous embrasser… En guise d'adieu… Oui ? *(Il l'embrasse sur la joue.)* Voilà… Splendide.

ÉLÉNA ANDRÉEVNA. Portez-vous bien. *(Elle regarde autour d'elle.)* Ah, tant qu'à faire, une seule fois dans la vie ! *(Elle l'étreint fiévreusement, et tous deux s'écartent aussitôt l'un de l'autre.)* Il faut partir.

ASTROV. Partez vite. Si les chevaux sont là, allez-y.

ÉLÉNA ANDRÉEVNA. On vient, je crois.

Tous deux tendent l'oreille.

ASTROV. *Finita !*

Entrent Sérébriakov, Voïnitski, Maria Vassilievna avec son livre, Téléguine et Sonia.

SÉRÉBRIAKOV *(à Voïnitski).* Le passé est mort, malheur à qui ranime la braise. Après ce qui vient d'arriver, pendant ces quelques heures, j'ai vécu tellement de choses, j'ai tellement réfléchi, que je crois que je pourrais écrire à l'intention de la postérité tout un traité d'art de vivre. J'accepte volontiers tes excuses, et, toi-même, je te demande de m'excuser. Adieu !

Voïnitski et lui s'embrassent à trois reprises.

VOÏNITSKI. Tu continueras de recevoir à date fixe ce que tu recevais avant. Tout sera comme autrefois.

Eléna Andréevna étreint Sonia.

SÉRÉBRIAKOV *(baisant la main de Maria Vassilievna). Maman…*

MARIA VASSILIEVNA *(l'embrassant).* Alexandre, faites-vous photographier et envoyez-moi votre portrait. Vous savez combien vous m'êtes cher.

TÉLÉGUINE. Adieu, Votre Excellence ! Ne nous oubliez pas !

SÉRÉBRIAKOV *(après avoir embrassé sa fille).* Adieu… Adieu tout le monde ! *(Tendant la main à*

Astrov.) Merci à vous pour votre aimable compagnie… Je respecte vos façons de penser, vos passions, vos élans, mais permettez à un vieillard de n'adjoindre qu'une seule remarque à notre salut d'adieu : il faut, messieurs, agir ! Agir et faire ! *(Saluant à la ronde.)* Au revoir, portez-vous bien ! *(Il sort, suivi de Maria Vassilievna et de Sonia.)*

VOÏNITSKI *(embrassant avec ardeur la main d'Eléna Andréevna).* Adieu… Pardonnez-moi… Nous ne nous reverrons jamais plus.

ÉLÉNA ANDRÉEVNA *(tout émue).* Adieu, mon cher ami. *(Elle lui pose un baiser sur la tête et s'en va.)*

ASTROV *(à Téléguine).* Dis-leur, là-bas, La Gaufre, qu'ils fassent amener mes chevaux, en même temps.

TÉLÉGUINE. J'y vais, mon petit gars. *(Il sort.)*

Ne restent qu'Astrov et Voïnitski.

ASTROV *(rangeant les peintures sur le bureau et les cachant dans sa valise).* Tu ne les raccompagnes pas ?

VOÏNITSKI. Qu'ils partent, moi… moi, je ne peux pas. C'est trop dur. Il faut vite que je trouve quelque chose pour m'occuper… Travailler, travailler ! *(Il remue ses papiers sur le bureau.)*

Pause ; on entend des clochettes.

ASTROV. Ils sont partis. Le professeur doit être content, je parie. Maintenant, pour tout l'or du monde, il ne reviendra plus.

MARINA *(entrant)*. Ils sont partis. *(Elle s'assied dans un fauteuil et tricote un bas.)*

SONIA *(entrant)*. Ils sont partis. *(Elle s'essuie les yeux.)* Qu'ils fassent bon voyage. *(A son oncle.)* Allez, oncle Vania, faisons quelque chose.

VOÏNITSKI. Au travail, au travail...

SONIA. Il y a longtemps, longtemps, que nous ne sommes pas restés assis ensemble à ce bureau. *(Elle allume la lampe sur le bureau.)* Il n'y a plus d'encre, je crois... *(Elle prend l'encrier, se dirige vers l'armoire et verse de l'encre.)* Mais je suis triste qu'ils soient partis.

MARIA VASSILIEVNA *(entrant lentement)*. Ils sont partis ! *(Elle s'assied et se plonge dans sa lecture.)*

SONIA *(s'asseyant au bureau et feuilletant le livre de comptes)*. Oncle Vania, rédigeons d'abord les factures. Tout est à l'abandon chez nous, c'est effrayant. Aujourd'hui encore, on est venu nous en demander une. Ecris. Toi, tu fais une facture ; moi, une autre...

VOÏNITSKI *(écrivant)*. "Facture... à monsieur..."

Tous deux écrivent en silence.

MARINA *(bâillant)*. Dodo...

ASTROV. Silence. Les plumes grincent, le grillon crie. Il fait chaud, il fait bon... On n'a pas envie de partir d'ici.

On entend des grelots.

Voilà, les chevaux sont prêts… Il me reste, comme on dit, à vous faire mes adieux, mes amis, faire mes adieux à mon bureau et – fouette cocher ! *(Il range son cartogramme dans le carton à dessin.)*

MARINA. Et pourquoi tu t'agites ? Reste, plutôt.

ASTROV. Je ne peux pas.

VOÏNITSKI *(écrivant)*. "A devoir encore, sur la dette ancienne, deux soixante-quinze…"

Entre un valet de ferme.

LE VALET DE FERME. Mikhaïl Lvovitch, les chevaux sont prêts.

ASTROV. J'ai entendu. *(Il lui tend sa pharmacie, sa valise et le carton à dessin.)* Tiens, prends ça. Attention, n'abîme pas le carton.

LE VALET DE FERME. Bien, monsieur. *(Il sort.)*

ASTROV. Bon… *(Il s'avance pour faire ses adieux.)*

SONIA. Quand nous reverrons-nous ?

ASTROV. Pas avant l'été, sans doute. Cet hiver, je ne crois pas… Bien sûr, s'il arrive quelque chose, faites-moi signe – je viendrai. *(Il serre les mains.)* Merci pour le pain, le sel*, l'amitié… bref, pour tout. *(Il va vers la nourrice et lui pose un baiser sur la tête.)* Adieu, l'ancienne.

MARINA. Alors, tu pars comme ça, sans thé ni rien ?

* Symboles de bienvenue.

ASTROV. Ça ne me dit pas grand-chose, nourrice.

MARINA. Un petit verre de vodka, peut-être ?

ASTROV *(hésitant)*. Ma foi…

Marina sort.

(Après une pause.) Mon bricolier* s'est mis à boiter. Hier encore je l'ai remarqué, quand Petrouchka l'a mené boire.

VOÏNITSKI. Il faut le ferrer à neuf.

ASTROV. Je vais devoir faire le détour par chez le maréchal-ferrant, à Rojdestvennoïé. Pas moyen d'y couper. *(Il s'approche de la carte d'Afrique et la regarde.)* Et, je parie, dans cette Afrique, là, maintenant, c'est une de ces fournaises – l'horreur !

VOÏNITSKI. Oui, probablement.

MARINA *(revenant avec un plateau sur lequel se trouvent un petit verre de vodka et un morceau de pain)*. Tiens ça.

Astrov boit la vodka.

A la tienne, mon bon monsieur. *(Elle s'incline très bas.)* Tu prends pas le pain pour aller avec ?

ASTROV. Non, ça va comme ça… Et donc, Dieu vous garde ! *(A la nourrice.)* Ne me raccompagne pas, nourrice. Pas la peine.

* Cheval attelé à côté du cheval de brancard et qui porte la courroie du harnais nommée "bricole".

Il sort ; Sonia le suit, une bougie à la main, pour le raccompagner ; Marina se rassied dans son fauteuil.

VOÏNITSKI *(écrivant.)* “Le deux février, huile, vingt livres… Le seize février, à nouveau, huile, vingt livres… Blé noir…”

Pause. On entend les grelots.

MARINA. Il est parti.

Pause.

SONIA *(elle revient, pose la bougie sur le bureau).* Il est parti…

VOÏNITSKI *(ayant calculé sur le boulier, il inscrit).* “Total… quinze… vingt-cinq…”

Sonia s'assied et écrit.

MARINA *(bâillant).* Oh, pécheurs que nous sommes…

Téléguine entre sur la pointe des pieds, s'assied près de la porte et accorde doucement sa guitare.

VOÏNITSKI *(à Sonia, après lui avoir passé la main dans les cheveux).* Ma petite fille, comme j'ai le cœur lourd ! Oh, si tu savais comme j'ai le cœur lourd !

SONIA. Mais que faire, il faut vivre !

Pause.

Nous allons vivre, oncle Vania, toi et moi. Nous allons vivre une longue, longue, série de jours, et de longues soirées ; nous allons supporter patiemment les épreuves que le destin nous enverra ; nous allons travailler pour les autres, maintenant et plus tard, quand nous serons vieux, sans connaître de repos, et, quand notre heure sera venue, nous mourrons docilement et, là-bas, de l'autre côté du tombeau, nous dirons combien nous avons souffert, combien nous avons pleuré, combien nous avons eu la vie amère, et Dieu aura pitié de nous, et toi et moi, mon oncle, mon oncle bien-aimé, nous verrons une vie lumineuse, splendide, pleine de grâce, et nous nous réjouirons, et, en nous retournant sur nos malheurs de maintenant, nous aurons un sourire de compassion – et nous nous reposerons. Je crois, mon oncle, je crois avec ardeur, passionnément... *(Elle s'agenouille devant lui et pose son visage entre les mains de son oncle ; d'une voix épuisée.)* Nous nous reposerons !

Téléguine joue doucement de la guitare.

Nous nous reposerons ! Nous entendrons les anges, nous verrons tout le ciel constellé de diamants, et nous verrons le mal terrestre, toutes nos souffrances se noyer dans la charité qui remplira le monde entier, et notre vie deviendra douce, tendre, légère comme une caresse. Je crois, je crois... *(Elle essuie avec son mouchoir les larmes de son oncle.)* Mon pauvre, mon pauvre oncle Vania, tu pleures... *(Au bord des larmes.)* Tu n'as pas eu de joie dans ta vie, mais, attends un petit peu, oncle Vania, attends... Nous nous reposerons... *(Elle le prend dans ses bras.)* Nous nous reposerons !

Le gardien frappe sur sa planchette.

Téléguine joue doucement ; Maria Vassilievna écrit dans les marges de sa brochure ; Marina tricote son bas.

Nous nous reposerons !

Le rideau descend lentement.

DOSSIER

Nous donnons ici au lecteur français des extraits de la correspondance et des témoignages rassemblés dans l'Edition académique russe des *Œuvres complètes* de Tchekhov.

A Souvorine,

8 novembre 1896

Le recueil sera composé de sept pièces – quatre en un acte et trois longues. Si le livre risque d'être trop gros, on peut en jeter une longue*.

A Souvorine,

2 décembre 1896

Jusqu'à présent, je n'ai corrigé les épreuves que d'*Ivanov* et des vaudevilles ; deux grandes pièces n'ont pas encore été composées, *La Mouette*, que vous connaissez, et *Oncle Vania*, que personne ne connaît**…

* Tchekhov préparait l'édition de ses *Pièces* chez Souvorine. Le livre devait paraître en 1897. L'ordre de l'édition était le suivant : *L'Ours, La Demande en mariage, Ivanov, Le Chant du cygne, Le Tragédien malgré lui, La Mouette, Oncle Vania.* – Tchekhov semble indiquer que Souvorine peut jeter le texte d'*Oncle Vania.*
** Lettre écrite pendant la préparation de l'édition Souvorine.

A Souvorine,

7 décembre 1896

La Mouette sera publiée dans *la Pensée russe* de décembre. Décision des rédacteurs. Donc, la typographie peut ne pas se presser pour la composition. Qu'elle compose d'abord la pièce *Oncle Vania*. Est-il possible de la composer tout entière ? Quand on la lit tout entière il est plus facile de corriger et on peut décider si elle mérite d'être transformée en récit. Ah, pourquoi ai-je écrit des pièces et pas des récits ! Des sujets ont été gâchés, gâchés pour rien, d'une façon scandaleuse, improductive*.

A Mikhaïl Tchekhov,

4 février 1897

Je répète, on ne peut pas jouer *L'Homme des bois*. Bien sûr, le docteur, il faut le jouer d'une façon douce, noble, en accord avec les mots de Sonia qui, dans le deuxième acte, dit que c'est un homme splendide et élégant**.

* *La Mouette* venait de connaître un échec retentissant.
** On sait qu'*Oncle Vania* est né d'une refonte de *L'Homme des bois*, pièce que Tchekhov a refusé de faire figurer dans ses *Œuvres complètes*. Mikhaïl Tchekhov, 1865-1936, était un frère de Tchekhov.

A Maria Tchekhova*,

4 octobre 1897

Korch a envoyé un télégramme, il demandait *Oncle Vania*, j'ai refusé**.

A Souvorine,

13 mars 1898

Vous vous êtes attaché au théâtre, et moi, je m'en éloigne – de plus en plus, visiblement – et je le regrette, parce que le théâtre, jadis, m'a donné beaucoup de bonnes choses (sans compter que ça rapporte ; cet hiver, on a joué mes pièces comme jamais auparavant, même *Oncle Vania* a été joué.) Avant, je n'avais pas de plus grand plaisir que de rester dans un théâtre ; maintenant, j'ai toujours l'impression qu'on va crier "au feu !" dans le poulailler. Et les acteurs, je ne les aime pas. Mes écritures pour le théâtre ont tout gâché.

A Ivan Léontiev-Chtcheglov,

Melikhovo, 8 août 1898

Cher Jean, merci pour l'affiche...

* Maria Tchekhova, 1863-1957, était une sœur de Tchekhov ; sa correspondance avec son frère est particulièrement abondante.
** Fiodor Adamovitch Korch, 1853-1923. Directeur d'un théâtre à Moscou.

Oncle Vania, je l'ai donné à Dolski, pour son gala. Si j'avais su que c'était pour le théâtre de M. Kouguel et de Kholmskaïa, je ne l'aurais bien sûr pas fait*.

A Mikhaïl Tchekhov,

Yalta, 26 octobre 1898

Mon *Oncle Vania* est joué dans toute la province, et partout avec succès. On peut vraiment le dire, le succès est imprévisible. Je ne comptais pas du tout sur cette pièce**.

Lettre de Gorki,

novembre 1898

J'ai vu ces jours-ci *Oncle Vania* – j'ai vu et j'ai pleuré comme une bonne femme, même si je suis loin d'être un homme nerveux, je suis rentré chez moi abasourdi, chaviré par votre pièce, je vous ai écrit une longue lettre

* L'acteur Dolski avait demandé à Tchekhov les droits de sa pièce. Kouguel et Kholmskaïa avaient attaqué *La Mouette* avec virulence lors de son échec au Théâtre Alexandryiski en 1896. Ils avaient pourtant mis en scène *Oncle Vania* à Pavlovsk. Chtcheglov envoyait à Tchekhov l'affiche de ce spectacle.
** La pièce fut jouée, au cours de l'automne 1898, à Pavlovsk, Nijni-Novgorod, Odessa, Saratov et Kazan. Le chroniqueur du spectacle de Pavlovsk (joué par Dolski) qualifiait le quatrième acte de "chef-d'œuvre scénique", plein d'un "mouvement intérieur incommunicable". Il considérait que cette pièce était "l'œuvre scénique la plus éclatante de ces dernières années", et se montrait surpris qu'elle ne fût pas connue à Pétersbourg.

et – je l'ai déchirée. Pas moyen d'écrire bien, clairement, ce que cette pièce vous fait naître dans l'âme, mais je sentais cela en regardant ses personnages : c'était comme si on me sciait en deux avec une vieille scie. Les dents vous coupent directement le cœur, et le cœur se serre sous leurs allées et venues, il crie, il se débat. Pour moi, c'est une chose terrifiante. Votre *Oncle Vania* est une forme absolument nouvelle dans l'art dramatique, un marteau avec lequel vous cognez sur les crânes vides du public [...] Dans le dernier acte de *Vania* quand le docteur, après une longue pause, parle de la chaleur qu'il doit faire en Afrique – je me suis mis à trembler d'enthousiasme devant votre talent, et à trembler de peur pour les gens, pour notre vie, misérable, incolore. Quel drôle de coup – et comme il est précis – vous avez frappé là !... [...]

Votre déclaration selon laquelle vous n'avez plus envie d'écrire pour le théâtre m'oblige à vous dire quelques mots sur la façon dont le public qui vous comprend considère vos pièces. On dit, par exemple, qu'*Oncle Vania* et *La Mouette* sont une nouvelle forme d'art dramatique, dans laquelle le réalisme s'élève à la hauteur d'un symbole porté par l'émotion et profondément pensé. Je trouve qu'ils ont raison de dire cela. En écoutant votre pièce, je pensais à la vie qu'on sacrifie à une idole, à l'irruption de la beauté dans la vie miséreuse des gens, et à beaucoup d'autres choses graves, fondamentales. Les autres drames ne détournent pas l'homme de la réalité pour l'amener aux généralisations philosophiques – les vôtres, si.

A Maria Tchekhova,

Yalta, 17 décembre 1898

Oncle Vania se joue dans toute la Russie. Je pense que, d'ici l'été, mille roubles devraient s'accumuler à la Société des auteurs dramatiques…

Lettre de A. I. Ouroussov*,

27 janvier 1899

J'ai relu attentivement *Oncle Vania* et je dois dire avec tristesse qu'à mon avis, vous avez abîmé *L'Homme des bois*. Vous l'avez rapetissé, réduit à une esquisse, défiguré. Vous aviez une magnifique fripouille comique : il a disparu ; or vous avez besoin de lui pour la symétrie intérieure, et puis, les chenapans de ce calibre, avec leurs plumes riches et brillantes, vous les réussissez toujours particulièrement bien. Dans la pièce, il comptait beaucoup, il apportait une petite note comique. Deuxième péché et, d'après moi, un péché bien plus grave : le changement de l'intrigue. Le suicide du troisième acte et la scène nocturne au bord de la rivière, en prenant le thé au quatrième, le retour de la femme chez le docteur** -- tout cela était plus nouveau, plus audacieux, plus intéressant que la fin actuelle. Quand, cet été, je racontais cela aux Français, c'est justement cela qui les sidérait : le héros est mort, et la vie continue. Les acteurs auxquels j'ai parlé sont du même avis. Bien sûr, *Vania* aussi est bien, mieux que tout ce qui s'écrit actuellement, mais

* Homme de lettres, 1848-1900.
** Lapsus évident d'Ouroussov.

L'Homme des bois était mieux, et ce serait bien que vous donniez l'autorisation de le monter.

A Vladimir Némirovitch-Dantchenko

Yalta, 8 février 1899

Je ne t'écris rien sur *Oncle Vania*, parce que je ne sais pas quoi t'écrire. Je l'ai verbalement promis au Théâtre Maly, et, maintenant, je me sens un peu gêné. Ce serait comme si je laissais tomber le Théâtre Maly. Je t'en prie, renseigne-toi, le Maly a-t-il l'intention de monter *Oncle Vania* pour la saison prochaine ? Si c'est non, alors, bien sûr, je déclare ma pièce *porto-franco* ; si c'est oui, j'écrirai une autre pièce pour le Théâtre d'Art. Ne m'en veuille pas : avec les gens du Maly, j'ai parlé d'*Oncle Vania* depuis longtemps*…

Lettre de I. M. Kondratiev**,

Moscou, février 1899

La direction des Théâtres impériaux de Moscou m'a confié, en tant que chargé, en l'absence pour maladie de S. A. Tchernevski, de la fonction de premier metteur en scène, de vous adresser l'humble requête de monter

* La pièce fut refusée par le comité des Théâtres impériaux dont dépendait le Théâtre Maly – à la grande joie de Némirovitch-Dantchenko.
** Ivan Maximovitch Kondratiev, 1841-1924. Secrétaire depuis 1883 de la Société des auteurs dramatiques de Russie. Le Théâtre Maly étant un théâtre d'Etat, c'est Kondratiev qui en assurait la direction par intérim.

pour la saison prochaine votre pièce *Oncle Vania* sur la scène du Théâtre Maly. Je vous prie d'envoyer votre réponse le plus vite possible car la direction a commencé à composer le programme de la saison prochaine et il doit être fixé au plus tard pendant la deuxième semaine du Carême. On m'a aussi chargé d'ajouter à la prière de la direction celle de tous les artistes de notre Théâtre Maly de leur confier l'exécution de votre pièce.

A Maria Tchekhova,

Yalta, 19 février 1899

Je viens de recevoir une lettre de Kondratiev, du Théâtre Maly : ils demandent *Oncle Vania*. Je donnerai mon accord, bien sûr. Quant à Némirovitch, s'il est fâché, je lui écrirai une autre pièce – pas moyen d'y couper.

A I. M. Kondratiev,

Yalta, 20 février 1899

Merci beaucoup pour votre lettre, très honoré Alexeï Mikhaïlovitch* ! Je mets à votre disposition ma pièce *Oncle Vania*. Comme elle n'a pas encore été lue par le comité théâtral et littéraire, je vous prie de vous charger de leur en envoyer deux exemplaires et de leur demander de la lire. [...]

* Erreur de Tchekhov : Kondratiev ne s'appelait pas Alexeï mais Ivan.

Si, cet été, vous êtes à Moscou, ou pas loin de Moscou, écrivez-moi (Lopasnia, distr. de Moscou), et je vous rendrai visite, pour vous voir et parler de cette pièce.

Lettre de Kondratiev au comité des Théâtres impériaux,

février ou mars 1899

Laisser passer une telle pièce serait dommage d'autant que les théâtres privés se l'arrachent, et seule une acquisition rapide par la direction peut mettre fin à cette surenchère…

Lettre de Maria Tchekhova,

Moscou, 26 mars 1899

Vladimir Ivanovitch Némirovitch-Dantchenko vient de passer, et voici pourquoi. Il a beau être membre du comité des théâtres, il n'y a pas siégé depuis longtemps. Il a entendu dire par Vessélovski et I. I. Ivanov que ta pièce *Oncle Vania* était acceptée pour la scène du Théâtre Maly, mais à la condition que tu la changes, c'est-à-dire certains passages de la pièce, et que tu la présentes encore une fois pour confirmation. Comme le Théâtre d'Art était triste que la pièce soit jouée au Théâtre Maly, voilà ce que Némirovitch a décidé : les changements dans ta pièce, tu ne les feras pas, et, lui, il la montera dans son théâtre sans aucun changement, parce qu'il la trouve formidable, etc. Stanislavski la préfère même à *La Mouette.* Le compte rendu au sujet des changements d'*Oncle Vania*, tu ne le recevras pas de sitôt, c'est pourquoi Vladimir Ivanovitch te demande d'interroger le comité par télégramme pour savoir si la pièce a été acceptée, et comment. Et puis, si tu es d'accord pour la donner au Théâtre d'Art, de télégraphier aussi, le plus vite possible, à Vladimir Ivanovitch, parce que le programme et les distributions doivent être établis pour le printemps. J'ai vu à quel point tous les acteurs du Théâtre d'Art étaient tristes que la pièce ne soit pas jouée chez eux quand je suis allée à la soirée chez Fédotova*. Némirovitch insistait beaucoup pour que je t'écrive à la minute, il pense – je ne sais pas pourquoi – qu'il aura plus de succès ainsi. Réponds-lui s'il te plaît. Il est très émotionné**.

A Maria Tchekhova,

Yalta, 29 mars 1899

Pour *Oncle Vania*, je n'ai l'intention ni d'écrire ni de télégraphier ; d'abord, 1) parce que je ne sais pas où télégraphier ; l'adresse du comité m'est inconnue ; 2) personne ne répond à mes lettres, j'ai déjà écrit mille fois à Némirovitch, et 3) j'en ai déjà terriblement assez, de tout ça, assez jusqu'à l'abrutissement. En général, je le répète, tout ça, je le répète, je ne monterai plus de pièces, nulle part et chez personne. Et je n'écrirai à personne non plus.

* Glikéria Nikolaevna Fédotova, une des actrices du Théâtre Maly.
** La réunion qui confirma ce refus du comité des théâtres impériaux eut lieu le 8 avril 1899, en l'absence de Némirovitch. Il faut donc croire que celui-ci était au courant bien à l'avance, et qu'il laissa le comité refuser de lui-même une pièce qu'il voulait ardemment monter au Théâtre d'Art.

A I. M. Kondratiev,

Melikhovo, 9 mai 1899

Très honoré Ivan Mikhaïlovitch,

Soyez assez aimable pour me faire envoyer les droits d'auteur dus pour mes pièces à l'adresse suivante : Lopasnia, distr. de Moscou. Je profite de la présente pour vous faire savoir que j'ai donné ma pièce *Oncle Vania* à Vl. I. Némirovitch-Dantchenko pour le Théâtre d'Art à la portée de tous* (saison 1899-1900).

Lettre de Maria Tchekhova à Olga Knipper,

Yalta, 20 mai 1899

[…] Le lundi 24, mon frère et moi arrivons à Moscou, par le train de 12 h 20. […] Mon frère voudrait assister à une répétition d'*Oncle Vania* le lundi. Est-il possible d'organiser cela ? Il ira [de la gare**] directement au théâtre, à la répétition…

A P. I. Kourkine***,

Moscou, 24 mai 1899

Cher Piotr Ivanovitch, le Théâtre d'Art monte mon *Oncle Vania* ; au troisième acte, il y aura besoin d'un

* Tel était le nom complet du Théâtre d'Art.
** Ces trois mots ajoutés de la main de Tchekhov.
*** Piotr Ivanovitch Kourkine, 1858-1934, médecin, statisticien au Bureau sanitaire de la province de Moscou, ami de Tchekhov depuis l'université.

cartogramme. Je vous en prie, prenez celui qui convient et confiez-le pour la durée des représentations ou promettez de nous en donner un qui convienne si vous en trouvez un parmi ceux qui ne vous servent pas.

Je suis à Moscou, je passerai ici deux ou trois jours. Rue Petite-Dimitrovka, immeuble de Chechkov. Faites signe.

Je vous écris de la salle de répétitions, où j'arrive directement de la gare.

Je vous serre la main.

Réponse de Piotr Kourkine, sur une carte postale non datée (cachet de la poste, Lopasnia, 7 juin 1899) :

Cher Anton Pavlovitch, le cartogramme de notre district est [à l'heure actuelle] prêt. Je peux vous l'envoyer, si vous m'indiquez où ; sinon, il se trouve chez moi, où il vous attendra.

Kourkine note au dos de la lettre de Tchekhov :

Le cartogramme dont parle Anton Pavlovitch fut préparé d'après les cartes officielles du district de Serpoukhovo (avec le village de Melikhovo au centre). Il plut à Anton Pavlovitch et figura aux représentations d'*Oncle Vania.*

A G. M. Tchekhov,

Melikhovo, 2 juin 1899

[...] Cet hiver au Théâtre d'Art on jouera *Oncle Vania.* J'ai vu en répétition deux actes, ça marche remarquablement...

Extrait des Mémoires *de Stanislavski* :

Grâce à la clémence du temps, Tchekhov passa tout le printemps à Moscou et il venait chaque jour à nos répétitions. Il n'entrait pas dans notre travail. Il voulait simplement se trouver dans une atmosphère artistique et bavarder avec des acteurs exaltés. [...] Nous profitions, bien sûr, de chaque occasion pour parler d'*Oncle Vania*, pourtant, à toutes nos questions, Anton Pavlovitch n'avait qu'une réponse très brève :

— Mais tout est écrit dedans.

Il ne s'exprima précisément qu'une seule fois. Quelqu'un parla d'une représentation d'*Oncle Vania* qu'il avait vue en province. Là, celui qui jouait le rôle-titre en faisait un propriétaire terrien déchu, en grosses bottes et chemise de moujik. Mon Dieu, l'effet que fit cette vulgarité sur Anton Pavlovitch !

— Mais ce n'est pas possible, ça, voyons ! Il est écrit chez moi : il porte des cravates splendides. Splendides ! Comprenez, les propriétaires terriens, ils s'habillent mieux que nous tous ici.

A Maxime Gorki,

Moscou, 24 août 1899

... Je suis revenu à Moscou pour assister aux répétitions de ma pièce, mais je suis tombé un peu malade, et voilà qu'il faut que je reparte à Yalta...

Télégramme d'Evtikhi Karpov*,

Pétersbourg, 5 septembre 1899

Rêve monter *Oncle Vania* Théâtre Alexandryiski permettez faire coupures insignifiantes avec votre concours télégraphiez. Karpov.

A Olga Knipper,

Yalta, 9 septembre 1899

Reçu le petit mot, le parfum, et les bonbons. Bonjour, ma chère, ma précieuse, ma magnifique actrice ! […]

Comment vivez-vous ? Comment travaillez-vous ? Comment se passent les répétitions ? Il n'y a rien de nouveau ?…

[…] Reçu un télégramme de l'*Alexandrinka*. Ils demandent *Oncle Vania*.

Lettre d'Olga Knipper,

Moscou, 21 septembre 1899

Nous répétons *Oncle Vania* sans Astrov, occupé en ce moment par *Ivan le Terrible*. Le troisième acte nous prend tellement que nous galopons, à toute bride – les visages brûlent, les yeux brillent, les épingles dans les

* Evtikhi Karpov, 1857-1926, metteur en scène au Théâtre Alexandryiski de Pétersbourg, auteur de la première mise en scène de *La Mouette*, qui fut un échec retentissant. Le Théâtre d'Art de Moscou s'arrangea toujours pour lui interdire de monter les autres pièces de Tchekhov. Karpov est l'auteur de *Souvenirs* sur Tchekhov.

cheveux s'envolent, et le sentiment qui règne, c'est que personne ne peut plus nous arrêter. Loujski est un professeur remarquable. Ah, écrivain Tchekhov, si vous pouviez être présent à la première ! Ça, ce serait une fête !

A E. P. Karpov,

Yalta, 22 septembre 1899

Cher Evtikhi Pavlovitch, je vous envoie *Oncle Vania* par paquet recommandé. Je regrette vraiment au plus haut point de ne pas pouvoir, vu la distance, vous rencontrer pour discuter un peu et de ne pas pouvoir assister ne serait-ce qu'à une seule répétition. Je voudrais que Sonia soit prise par V. F. Kommissarjevskaïa, Astrov par Samoïlov, s'il travaille chez vous. On dit que Samoïlov a été un Astrov remarquable en province. Si vous ne l'avez pas, donnez ce rôle à M. Gay. Voïnitski, c'est-à-dire oncle Vania, sera joué d'une façon remarquable par Gorev ; le professeur, par N. F. Sazonov ; Téléguine, V. N. Davydov.

Lettre d'Olga Knipper,

Moscou, 26 septembre 1899

Je suis troublée par une remarque d'Alexeev [Stanislavski] à propos de la dernière scène entre Astrov et Eléna : chez lui, Astrov s'adresse à Eléna comme l'amant le plus passionné, il s'accroche à son amour comme un noyé à un fétu de paille. Il me semble que, si c'était le cas, Eléna le suivrait et n'aurait pas le courage de lui répondre : "Comme vous êtes drôle..." Au contraire, il lui parle avec le dernier des cynismes, et même il va jusqu'à rire lui-même, plus ou moins, de son cynisme. Vrai ou faux ? Exprimez-vous, écrivain, exprimez-vous tout de suite.

A Olga Knipper,

Yalta, 30 septembre 1899

Obéissant à votre ordre, je me hâte de répondre à votre lettre, où vous m'interrogez sur la dernière scène entre Astrov et Eléna. Vous écrivez qu'Astrov s'adresse dans cette scène à Eléna comme l'amant le plus passionné, qu'il "s'accroche à son amour comme un noyé à un fétu de paille". Mais c'est faux, absolument faux ! Eléna plaît à Astrov, elle le séduit par sa beauté mais, au dernier acte, il sait déjà que ça ne donnera rien, qu'Eléna disparaît pour lui sans retour, et il lui parle sur le ton qu'il emploie pour parler de la chaleur en Afrique ; il l'embrasse juste comme ça, par désœuvrement. Si Astrov joue cette scène avec passion, c'est toute l'humeur de l'acte IV qui se perd – un acte paisible et morne.

Lettre de V. E. Meyerhold,

Moscou, 29 septembre 1899

Hier, toute la troupe s'est réunie pour un office religieux, mais il n'y a pas eu d'office car le métropolite a interdit de dire une messe dans le théâtre. Tant mieux. Peut-être est-ce grâce à cela (du moins, en partie) que notre réunion s'est trouvée particulièrement solennelle, libre et puissante. […] Vladimir Ivanovitch, dans un bref discours, a remercié la troupe pour le travail qu'elle a accompli au cours de ces sept mois. Puis on a servi le thé. La solennité était encore renforcée par le fait que la réunion était, je ne sais pourquoi, particulièrement silencieuse, concentrée. Aucun discours, pas une parole banale ! [...] Quant à la proposition faite de vous envoyer un télégramme, à vous et à Hauptmann, elle a été acceptée, non seulement d'un commun accord, mais avec exaltation.

Il y a longtemps que je ne me suis senti aussi plein d'exaltation qu'hier. Et je sais pourquoi. Notre théâtre a compris, et déclaré ouvertement, que toute sa force dépendait du lien étroit qu'il entretenait avec les plus grands dramaturges de notre temps. Je suis heureux que mon rêve secret se voie enfin réalisé !

Télégramme de Némirovitch-Dantchenko et Stanislavski,

Moscou, 30 septembre 1899

Après la prière précédant l'ouverture de la deuxième saison ont surgi les souvenirs magnifiques du passé. Les anciens enthousiasmes sont à nouveau vivants. Toute la troupe, d'un commun accord a demandé d'envoyer un salut au cher ami de notre théâtre avec le souhait de le voir au plus vite parmi nous.

Télégramme de Tchekhov au Théâtre d'Art de Moscou,

Yalta, 1er octobre 1899

Remercie infiniment félicite envoie du fond de l'âme vœux travaillons avec conscience force sans fatigue d'un commun accord pour que ce splendide début pose bases conquêtes futures pour que la vie du théâtre soit période lumineuse dans histoire art russe et vie chacun de nous croyez sincérité de mon amitié.

A G. A. Khartchenko,

Yalta, 4 octobre 1899

[...] En octobre et en novembre, ma pièce sera jouée à Moscou et à Pétersbourg, et j'ai l'intention d'y aller – je partirai sans doute de Yalta dans un proche avenir...

A Olga Knipper,

Yalta, 7 octobre 1899

[...] Cette lettre te sera transmise par le docteur P. I. Kourkine, auteur du cartogramme qui jouera dans *Oncle Vania*...

A A. L. Vichnevski*,

Yalta, 8 octobre 1899

Vous recevrez cette lettre peu avant la première représentation d'*Oncle Vania*. Comme je me sens triste et amer de ne pas pouvoir être avec tous, de perdre presque

* Alexandre Léonidovitch Vichnevski, 1861-1943, camarade de collège de Tchekhov et acteur du Théâtre d'Art. Il jouait Voïnitski.

entièrement et les répétitions et les spectacles, de ne les connaître que par ouï-dire, quand il me suffirait d'assister un petit peu aux répétitions pour recharger mes batteries, acquérir de l'expérience et me mettre à une nouvelle pièce…

Lettre de Némirovitch-Dantchenko,

Moscou, 23 octobre 1899

Alexeev ne donne aucun pathos à ses scènes [celles d'Astrov] avec elle [Eléna]. Nous peignons Astrov comme un matérialiste au bon sens de ce mot, incapable d'aimer, se comportant envers les femmes avec un cynisme agréable, un cynisme à peine perceptible. Il y a de la sensualité, mais il n'y a pas trace de passion. Tout se passe sous cette forme à demi plaisante qui plaît tellement aux femmes.

Lettre de V. E. Meyerhold,

Moscou, 23 octobre 1899

Je suis allé à la première générale, et j'ai vu les deux premiers actes. […] La mise en scène est incroyablement bonne. D'abord, je note la mesure artistique dans la mise en scène globale qui (la mesure artistique) est respectée du début à la fin. La première fois que les deux metteurs en scène se sont pleinement fondus : l'un – le metteur en scène acteur, avec une grande fantaisie, même s'il est enclin à certaines violences dans ces mises en scènes ; l'autre – le metteur en scène homme de lettres, veillant aux intérêts de l'auteur. Et il semble que ce dernier domine nettement le premier. Le cadre (la mise en scène) ne cache pas le tableau. Non seulement la valeur, l'idée de ce tableau sont soigneusement conservées, c'est-à-dire qu'elles ne sont pas encombrées de détails extérieurs inutiles, mais elles sont marquées avec une grande habileté. Parmi les interprètes, je préfère O. Knipper (Eléna) ; K. S. Alexeev (Astrov) ; A. R. Artem (Téléguine) et M. P. Alexeeva (Sonia). O. G. Knipper dessine avec une vérité saisissante la nature morne du monde de Tchekhov. Sur Vichnevski (oncle Vania), je ne peux rien dire avant d'avoir vu le troisième acte. A cette pièce, qui est montée encore plus soigneusement que *La Mouette,* je prédis un succès immense.

Lettre de Piotr Kourkine,

*27 octobre 1899**

J'étais dans la même loge qu'Ivan Pavlovitch et sa famille. Je l'avoue, au début, nous nous sentions un peu inquiets. Mais cet état n'a duré que la première moitié du premier acte. Après, nous avons été les témoins d'un triomphe qui s'est prolongé sans interruption presque toute la soirée – le vôtre et celui des artistes du Théâtre d'Art. A mon avis, le premier acte avait déjà déterminé le succès du spectacle. Nous avons vu paraître, avec une vivacité extraordinaire, un coin perdu de la campagne, avec ses éléments autochtones et étrangers, avec la douleur et l'ennui qui prennent également chacun, ceux qui

* La première d'*Oncle Vania* eut lieu le 26 octobre 1899.

triomphent dans la vie comme ceux qui sont humiliés. Le public était intéressé, et, même si c'était le public moscovite des premières représentations, un Moscou sévère, exigeant, cultivé, le premier acte s'est déjà achevé sur des applaudissements pleins de chaleur. Le deuxième acte a développé devant nous la situation qui devait inévitablement amener à la catastrophe. Je crois que c'est là le passage le plus scénique de la pièce – dans le sens, certes, d'un effet un peu plus facile. Cet acte a été joué d'une façon particulièrement vive et animée. J'attendais le troisième acte avec une impatience particulière. Ici, la confusion de l'âme, que l'on sent être le motif principal, atteint son point culminant – et se résout en explosion. Enfin, la dernière scène. Ah – cette dernière scène. Qu'elle est belle. Qu'elle est profondément pensée. J'avais remarqué particulièrement cette scène à la lecture de la pièce. Et maintenant, aujourd'hui, le lendemain du soir où je l'ai vue, et, ici, au bureau, où tout est si loin de toute forme de lyrisme, je n'arrive toujours pas à me défaire du charme de cette dernière scène qui clôt la pièce, je n'arrive pas à travailler à mes chiffres et mes rapports. J'ai l'impression d'avoir séjourné je ne sais où, dans un petit monde lointain et plein de vie. Les échos de ce monde résonnent encore très fort au fond du cœur et ils m'empêchent de me livrer au travail quotidien. Maintenant, tout alentour me semble si morne et ennuyeux. Je voudrais vraiment essayer de comprendre en quoi réside le secret du charme de cette dernière scène – une dernière scène après laquelle on a envie de pleurer, de pleurer sans arrêt. Bien sûr, il ne s'agit pas de la morale que formule Sonia. Au contraire. Bien des gens, peut-être, de nos jours, seront repoussés par cette morale, chez certains, peut-être, elle affaiblira même l'impression. Il s'agit, me semble-t-il, de la situation tragique de ces êtres – le tragique de cette vie quotidienne qui revient maintenant à sa place, qui revient pour toujours et les lie pour toujours. Et il s'agit encore du fait que le feu du talent éclaire ici la vie et l'âme des gens les plus simples et les plus ordinaires. Les rues sont remplies de ces gens simples, et chacun de nous porte en lui une parcelle de ces êtres. Ainsi, en voyant cette dernière scène, quand tout le monde est parti, quand le quotidien interminable a repris ses droits, avec les grillons, les bouliers, etc., ai-je ressenti presque une douleur physique, et, me semblait-il, une douleur personnelle. [...]

Télégramme du Théâtre d'Art à Tchekhov,

Moscou, 27 octobre 1899

Grand nombre de rappels quatre après premier acte après toujours plus fort jusqu'à la fin sans arrêt après troisième à l'annonce de ton absence dans le théâtre demande t'envoyer télégramme tous t'embrassent très fort Némirovitch-Dantchenko Katérina Némirovitch-Dantchenko Alexeev Alexeeva Knipper Artem Vichnevski Kaloujski Samarova Raevskaïa etc. etc.

Lettre d'Olga Knipper,

Moscou, 27 octobre 1899

Hier nous avons joué *Oncle Vania*. La pièce a eu un succès fracassant, elle a conquis toute la salle, c'est une chose établie. Je n'ai pas fermé l'œil de la nuit, et, aujourd'hui, je n'arrête pas de pleurer. J'ai joué d'une façon réellement exécrable – pourquoi ? Je comprends plein de choses, mais plein d'autres – non. J'ai tellement de pensées qui s'agitent dans ma tête en ce moment que je doute de pouvoir te raconter quoi que ce soit. On me dit que, pendant la générale, j'ai bien joué, mais je n'y crois pas. Voilà ce dont il s'agit, me semble-t-il : on m'a contraint d'oublier mon image d'Eléna, qui a paru trop ennuyeuse aux metteurs en scène, mais que je n'avais jamais jouée jusqu'au bout. On me l'a décrite d'une façon tout à fait différente, en me disant que c'était indispensable pour la pièce. J'ai lutté longtemps, et je n'ai jamais accepté. Pendant la générale, j'étais tranquille, et c'est pour cela, sans doute, que mon jeu était doux et égal. Pendant le spectacle, en revanche, j'avais une inquiétude d'enfer, et c'est pourquoi j'ai eu du mal à jouer l'image qu'on m'avait imposée.

A Olga Knipper,

Yalta, 30 octobre 1899

Chère actrice, brave petite personne, vous demandez si je vais être inquiet. Mais, que la première d'*Oncle Vania* a eu lieu le 26, je ne l'aurais vraiment appris que de votre lettre, que j'ai reçue le 27. Les télégrammes ont commencé d'arriver le 27 au soir, quand j'étais déjà au lit. On me les transmet par téléphone. Je me réveillais à chaque fois, et je courais au téléphone, dans le noir, pieds nus, j'ai eu très froid ; après, à peine étais-je endormi, c'était encore et encore des sonneries. La première fois que ma gloire m'a empêché de dormir. Le lendemain, en me couchant, j'ai laissé près du lit mes chaussons et ma robe de chambre, mais il n'y a pas eu de télégrammes.

Dans ces télégrammes, on ne parlait que d'une seule chose, des rappels et du succès brillant, mais on y sentait aussi quelque chose de très fin, d'à peine perceptible, d'où je pouvais conclure que votre humeur, à vous tous, n'était pas, disons, franchement excellente. Les journaux, reçus aujourd'hui, ont confirmé mon impression. Oui, actrice, vous tous, les acteurs artistiques, le succès ordinaire, normal, ne vous suffit plus, il vous faut le fracas, les canons, la dynamite. Vous êtes définitivement gâtés, assourdis par les conversations constantes sur les succès, les salles pleines ou à demi pleines, vous êtes déjà contaminés par ce poison, et, d'ici deux à trois ans, vous ne vaudrez plus rien du tout ! Voilà !...

Lettre de A. L. Vichnevski,

*30 octobre 1899**

Le public nous a reçus d'une façon magnifique. Pour le spectacle, c'est un mot que je ne peux pas employer, même si le public a très très bien accueilli et la pièce et nous-mêmes. Mais c'est nous-mêmes qui n'étions pas satisfaits, et la cause en était notre inquiétude, beaucoup trop terrifiante – moi-même, j'étais tellement ému et énervé qu'à la fin du troisième acte, mes nerfs m'ont complètement lâché et j'ai joué exclusivement sur la technique. Je le répète, hier, notre spectacle était hors du commun, et je regrette du fond du cœur que la presse ait été absente hier, et qu'elle nous ait jugés sur le premier spectacle, quand tous les acteurs se trouvaient au bord de l'évanouissement.

* Après la deuxième représentation d'*Oncle Vania*.

Lettre de Maria Tchekhova,

Moscou, 31 octobre 1899

La première d'*Oncle Vania* a été, de l'avis du public et des acteurs, moins bien que la répétition générale. C'est parce que les acteurs ont eu peur comme jamais. Knipper, quand je l'ai vue la première fois, était prise d'une émotion terrible. Vichnevski aussi. J'ai assisté à la première représentation. Ils ont joué d'une façon si étonnante que je suis tout à fait d'accord avec ton amie Katitchka Némirovitch qui s'est adressée aux acteurs en ces termes : "Vous avez joué aujourd'hui comme des petits dieux." [...]

A Olga Knipper,

Yalta, 1er novembre 1899

Je comprends ce que vous ressentez, chère actriçounette, je comprends très bien, mais, tout de même, à votre place, je ne serais pas aussi désespérément bouleversé. Le rôle d'Anna* et la pièce elle-même ne valent pas qu'on se gâte à ce point le sang et les nerfs. La pièce date d'il y a longtemps, elle a déjà vieilli, elle est pleine de défauts de toutes sortes ; si plus de la moitié des acteurs ne sont pas arrivés à trouver le ton juste, c'est la pièce, bien sûr, qui en est responsable. Ça – premièrement. Ensuite, il faut laisser une fois pour toutes ce souci du succès et de l'échec. Que ça ne vous concerne pas ! Votre affaire est de travailler, obscurément, de jour en jour,

* Lapsus évident de Tchekhov – il s'agit d'Eléna, que jouait Olga Knipper.

sans trop de bruit, d'être prête à faire des fautes, qui sont inévitables, de subir des échecs, bref, à s'obstiner dans votre ligne d'actrice, et, les rappels, laissez les autres les compter. Ecrire ou jouer et savoir en même temps qu'on ne fait pas ce qu'il faut – c'est tellement normal, et, pour les débutants, tellement utile !…

Lettre de A. L. Vichnevski,

Moscou, 1er ou 2 novembre 1899

Je vous envoie l'affiche d'*Oncle Vania.* Elle est aussi originale que notre théâtre ! Plein d'anecdotes, quand le public les achète et se plaint du préposé qui leur en donne des déchirées – on leur assure qu'elles sont toutes pareilles, et le public en reste sidéré !…

[…] Hier soir, je suis passé chez Maria Pavlovna*, qui me disait qu'elle ne peut pas encore s'apaiser après le spectacle d'*Oncle Vania,* si fort a été l'effet sur elle du jeu et de la mise en scène ! Elle est dans un enthousiasme fou…

A A. L. Vichnevski,

Yalta, 3 novembre 1899

Cher Alexandre Léonidovitch, ami d'enfance, merci beaucoup pour votre lettre et pour l'affiche. Oui, l'affiche est originale, vous avez raison, mais elle n'est pas assez sérieuse et conviendrait plutôt à un spectacle de

* Maria Pavlovna Tchekhova.

bienfaisance dans la maison de je ne sais quelle baronne émancipée. Quoi qu'il en soit, tout est très bien, et je remercie le ciel d'avoir, voguant sur la mer de la vie, enfin débarqué sur une île aussi merveilleuse que le Théâtre d'Art. Quand j'aurai des enfants, je les obligerai à prier éternellement le bon Dieu pour vous tous...

[...]

J'ai une requête à vous faire : venez jouer dans le Sud, au printemps, suppliez Vlad. Ivanovitch et Konstantin Sergueevitch. Vous jouerez et vous en profiterez pour vous reposer. A Yalta, vous ferez cinq salles pleines, autant à Sébastopol, et, à Odessa, on vous recevra comme des rois, parce qu'on aime votre théâtre déjà sans l'avoir vu, par ouï-dire.

Ecrivez-moi, s'il vous plaît. Je m'ennuie sans lettres.

Transmettez mes respects et mon salut cordial à Glikéria Nikolaevna, à vos deux directeurs et à toute la troupe. J'attendrai avec impatience votre photographie – la vôtre et celle de tous ceux qui jouent dans *Oncle Vania*...

Lettre de Maria Tchekhova,

5 novembre 1899

[...] Je vais souvent au théâtre. Plus ils jouent *Oncle Vania*, plus ils s'améliorent. On regrette même qu'il n'y ait que quatre actes, des actes comme ça, on en écouterait dix avec plaisir. Au dernier acte, le grillon... Cet ennui, quel ennui...

A Maria P. Tchekhova,

Yalta, 14 novembre 1899

[...] Autre chagrin : une note dans *le Courrier.*

> A. P. Tchekhov, s'intéressant au plus haut point à la mise en scène de sa pièce *Oncle Vania* par la troupe du "Théâtre d'Art à la portée de tous", a fait parvenir une lettre à l'un de ses amis écrivains en lui demandant de lui rapporter des détails sur la mise en scène d'*Oncle Vania.*

D'abord, je n'ai écrit à aucun écrivain sur *Oncle Vania*, je n'ai rien demandé. Ensuite, publier des notes pareilles, c'est chercher à ridiculiser.

Lettre de V. I. Némirovitch-Dantchenko,

Moscou, 19 novembre 1899

[...] Ce qui m'étonne aussi, c'est que tu ne m'écrives pas du tout, et, je l'avoue, ça me vexe un petit peu. C'est vrai, peut-être, tu attendais de moi encore une autre lettre, en dehors de celle que je t'ai envoyée le jour de la première, et des deux télégrammes. Mais je savais que tout le monde t'écrit de partout, et plein de lettres. Je n'aurais rien dit de nouveau. D'autant que Maria Pavlovna te tenait au courant. [...]

Dans la suite de sa lettre, Némirovitch se plaignait de ses démêlés avec Stanislavski et Meyerhold pour la mise en scène des Solitaires *de Hauptmann sur laquelle il travaillait.*

A.V. I. Némirovitch-Dantchenko,

Yalta, 24 novembre 1899

[…] Dans la journée, je travaille ; quand le soir arrive, je commence à me demander que faire, où aller, et, au moment où vous jouez le deuxième acte, moi, je suis déjà au lit…

[…]

Dans ta lettre, j'entends une sorte de petite note, à peine audible, comme dans une vieille cloche – c'est au moment où tu parles du théâtre, du fait que les petits riens de la vie du théâtre te fatiguent. Oh, ne te fatigue pas, ne te refroidis pas ! Le Théâtre d'Art, ce sont les meilleures pages de ce livre qui, un jour ou l'autre, sera écrit sur le théâtre russe. Ce théâtre, c'est ta fierté, et le seul théâtre que j'aime, même si je n'y suis encore jamais allé. Si j'habitais à Moscou, j'essaierais d'entrer chez vous dans l'administration, ne serait-ce qu'à titre de concierge, pour vous aider, même un tout petit peu, et, dans la mesure de mes forces, empêcher ton amour pour ce brave établissement de refroidir.

Il pleut à verse, il fait sombre dans la chambre. Porte-toi bien, sois gai, heureux…

A. E. P. Karpov,

Yalta, 27 novembre 1899

Cher Evtikhi Pavlovitch, une grande requête à vous faire. Ne serait-il pas possible de repousser *Oncle Vania* à la saison prochaine, quand, selon toute vraisemblance, je serai à Pétersbourg ? […]

A V. I. Némirovitch-Dantchenko,

Yalta, 2 décembre 1899

Cher Vladimir Ivanovitch, la réponse de Karpov est arrivée. Il accepte de repousser la mise en scène d'*Oncle Vania* à l'année prochaine (ou, plutôt, la prochaine saison). Maintenant, il ne vous reste plus qu'à agir sur le terrain "légal", comme disent les meilleurs avocats. La pièce vous appartient à vous, vous ferez une tournée avec, et, moi, je ferai semblant de ne pas avoir la force de lutter contre vous, puisque je vous ai déjà donné la pièce…

[…] Je n'ai lu de comptes rendus sur *Oncle Vania* que dans *Le Courrier* et *Les Nouvelles du jour.* Dans *Les Nouvelles de Russie,* j'ai vu un article sur *Oblomov,* mais je ne l'ai pas lu ; ils m'énervent, tous ces coupages de cheveux en quatre, ces rapprochements avec *Oblomov*, avec *Pères et fils*, etc. On peut rapprocher n'importe quelle pièce de n'importe quoi, et si Sanine et Ignatov, au lieu d'Oblomov ou de Nozdriev, avaient pris le roi Lear, ça aurait fait aussi profond et aussi facilement lisible. Je ne lis pas ce genre d'articles, pour ne pas gâcher mon humeur.

[…] Les souvenirs que j'ai du jeu d'Alexeev sont tellement sombres que je n'arrive pas à croire qu'Alexeev soit bon dans *Oncle Vania*, même si tout le monde écrit d'une voix unanime qu'il est vraiment bon, et même très très bon.

Lettre de Gorki,

21-22 janvier 1900

[…] Je suis resté chez lui [chez Tolstoï] plus de trois heures, et puis je me suis retrouvé au théâtre, au troisième acte d'*Oncle Vania*. Encore *Oncle Vania*. Encore. Cette pièce, j'irai la voir encore, et spécialement, je prendrai un billet à l'avance. Je ne la considère pas comme votre perle, mais j'y vois plus de contenu que les autres ; ce contenu est immense, symbolistique, et, dans sa forme, c'est une chose absolument originale, une chose sans pareille. Dommage que Vichnevski ne comprenne pas l'oncle, mais, les autres – quel bonheur !...

[...] En général, ce théâtre m'a fait l'impression d'une entreprise forte, sérieuse – d'une entreprise capitale. Et comme ça lui va, qu'il n'y ait pas de musique, que le rideau ne se lève pas mais qu'il s'écarte. Vous savez, je ne pouvais même pas m'imaginer ce genre de jeu et de mise en scène. C'est bien ! Je regrette même de ne pas vivre à Moscou – je passerais tout mon temps dans ce merveilleux théâtre.

A Gorki,

Yalta, 6 mars 1900

Cher Alexeï Maximovitch, le Théâtre d'Art jouera à Sébastopol du 10 au 15 avril, et du 16 au 21 à Yalta. Ils monteront : *Oncle Vania, La Mouette*, *Les Solitaires* de Hauptmann et *Hedda Gabler* d'Ibsen. Venez sans faute. Vous avez besoin de vous rapprocher de ce théâtre et de le regarder de plus près pour écrire une pièce. Et si, en plus, vous assistiez à des répétitions, ça vous affûterait encore plus. Rien ne vous instruit mieux des conditions de la scène que le capharnaüm d'une répétition.

Le but secret de la tournée méridionale du Théâtre d'Art, comme l'écrit N. Efros, un de ses chroniqueurs, était “surtout de montrer le Théâtre d’Art à Tchekhov, coupé de Moscou par la maladie, pour le ramener vers l’art dramatique, afin de conquérir définitivement Tchekhov pour l’art dramatique”.

Extrait des Mémoires *de Stanislavski :*

Après cela*, en coulisses, il s’exprima pour la première fois sur le spectacle.

— Ecoutez, c’est splendide. C’est vrai, vous avez des gens cultivés et pleins de talent.

Il fit une remarque à chacun de nous, dans le genre de la charade sur la cravate. Ainsi, par exemple, ne me parla-t-il que du dernier acte.

— Il l’embrasse comme ça, n’est-ce pas (ici, il posa un très bref baiser sur sa propre main). Astrov, n’est-ce pas, n’a pas d’estime pour Eléna. Et puis, écoutez, Astrov siffle quand il part.

Cette charade, je mis du temps à la comprendre, mais elle me fournit une idée du rôle complètement différente, incomparablement plus intéressante…

Extrait des Souvenirs *de Maria Tchekhova :*

Il est difficile de raconter toutes les joies de ces magnifiques jours du printemps 1900. Anton Pavlovitch avait un élan extraordinaire. Il était gai, content, spirituel. Presque tous les acteurs du théâtre étaient du matin jusqu’au soir dans notre datcha. A ce moment, tout un groupe d’écrivains célèbres était venu à Yalta – parmi eux, A. M. Gorki, A. I. Kouprine, D. N. Mamine-Sibiriak,

* L’apparition de Tchekhov, le 10 avril 1900, avait provoqué des ovations frénétiques du public.

I. A. Bounine et d'autres. Eux aussi, ils passaient toute la journée chez nous. Olga Léonardovna eut fort à faire, à m'aider au ménage pour recevoir les invités ; les petits déjeuners, les déjeuners, les thés se succédaient sans cesse. Que de gaieté, que de rires y avait-il dans tous les coins de la maison et dans notre encore jeune jardin. Et que de conversations intéressantes, sérieuses, sur la littérature, l'art, le théâtre, ai-je pu entendre ces jours-là. Blottie dans un coin du divan, j'écoutais, étonnée, les récits passionnés, hauts en couleur et parfois un peu rudes, de Gorki sur sa vie, sur ses errances en Russie. C'est alors, pendant ces jours-là, qu'Alexeï Maximovitch [Gorki] fit la connaissance de Némirovitch-Dantchenko, de Stanislavski et de tous les acteurs du Théâtre d'Art. Anton Pavlovitch atteignit son but : il avait insisté pour faire venir Gorki à Yalta pendant les tournées du Théâtre d'Art. Gorki se passionna pour le théâtre et promit d'écrire sa première pièce.

Avec quelle fierté ai-je accroché ensuite dans le salon, malgré les protestations de mon frère, les trois palmes, ceintes d'un ruban rouge moiré avec cette inscription : "A Anton Pavlovitch Tchekhov, le profond visionnaire de la réalité russe" qu'on lui avait offertes au théâtre de Yalta pendant *la Mouette.* Le lendemain, toute la troupe, prenant congé d'Anton Pavlovitch, repartit à Moscou. Notre jardin reçut la balançoire et le banc des décors d'*Oncle Vania*, souvenir des jours magiques, les plus heureux, de toute la période de Yalta…

Autre extrait des Mémoires *de Stanislavski :*

Chaque jour, à heure dite, tous les acteurs et les écrivains se retrouvaient dans la datcha de Tchekhov qui offrait le petit déjeuner à ses hôtes. […]

Anton Pavlovitch semblait terriblement animé, métamorphosé, comme s'il était ressuscité des morts… […] Il allait sans arrêt de place en place, les mains derrière le dos, arrangeant son pince-nez à tout instant. Soit il était sur la terrasse, pleine de nouveaux livres et de revues, soit, affichant un sourire constant, il se montrait dans le jardin, ou dans la cour. Rarement, il se cachait dans son bureau, et, sans doute, il s'y reposait.

On arrivait, on partait. Un petit déjeuner s'achevait, on en servait un autre. Maria Pavlovna était au four et au moulin, et Olga Léonardovna, comme une amie fidèle et une future maîtresse de la maison, les manches retroussées, l'aidait activement au ménage.

Dans un coin, un débat littéraire, dans le jardin, comme des écoliers, d'autres s'occupaient à jeter un caillou le plus loin possible, dans un troisième groupe, I. A. Bounine, avec son talent extraordinaire, décrit je ne sais quoi, et, toujours aux côtés de Bounine, Anton Pavlovitch rit à gorge déployée, il meurt de rire. Personne ne savait autant faire rire Anton Pavlovitch qu'Ivan Bounine, quand il était de bonne humeur…

A P. F. Iordanov*,

Yalta, 27 avril 1900

[…] Pendant la semaine de la Passion, j'ai eu une hémorragie hémorroïdale dont je n'arrive pas à me

* Pavel Fédorovitch Iordanov, 1858-1920, médecin de Taganrog, s'occupait de la bibliothèque de la ville, à laquelle Tchekhov envoyait régulièrement des livres.

remettre. Pendant la semaine de Pâques, le Théâtre d'Art est venu, ce dont, là encore, je n'arrive pas à me remettre, puisque, après un hiver long, tranquille et ennuyeux, il a fallu se coucher à 3 ou 4 heures du matin et manger tous les jours en grande compagnie – et comme ça pendant quinze jours. A présent, je me repose.

Créée par Robert Cantarella, cette traduction a été revue avec l'aide de Claude Yersin, pour le Nouveau Théâtre d'Angers, puis de Charles Tordjman, pour le Théâtre de la Manufacture à Nancy. Les traducteurs, en les remerciant, expriment leur gratitude aux comédiens qui ont, chaque fois, permis de préciser et d'amender le texte initial.

TABLE

BABEL

Extrait du catalogue

62. NINA BERBEROVA
Récits de l'exil, t. I.

63. ALEXANDER LERNET-HOLENIA
Le Baron Bagge

64. CORINNA BILLE
Juliette éternelle

65. ELENA PONIATOWSKA
Cher Diego, Quiela t'embrasse

66. HORST KRÜGER
Un bon Allemand

67. AUGUST STRINDBERG
Petit catéchisme à l'usage de la classe inférieure

68. PAUL AUSTER
Moon Palace

69. ANTON TCHEKHOV
Les Trois Sœurs

70. ROBERT LOUIS STEVENSON
L'Ile au trésor

71. FÉDOR DOSTOÏEVSKI
L'Idiot, vol. I (livres 1 et 2)

72. FÉDOR DOSTOÏEVSKI
L'Idiot, vol. II (livres 3 et 4)

73. FÉDOR DOSTOÏEVSKI
L'Idiot, vol. III (roman préparatoire)

74. CHARLES PÉGUY
De Jean Coste

75. *
Le Portier des chartreux

76. YI MUNYŎL
Notre héros défiguré / L'Oiseau aux ailes d'or / L'Hiver, cette année-là

77. MA JIAN
La Mendiante de Shigatze

78. NINA BERBEROVA
Récits de l'exil, t. II

79. MAURICE BARTHÉLEMY
De Léopold à Constance,
Wolfgang Amadeus

80. HARRY MULISCH
L'Attentat

81. ZSOLT HARSÁNYI
La vie de Liszt est un roman

82. ÉPICURE
Maximes

83. PAUL AUSTER
La Musique du hasard

84. DON DELILLO
Chien galeux

85. ALEXANDRE POUCHKINE
Le Convive de pierre et autres scènes dramatiques

86. JOHAN DAISNE
L'Homme au crâne rasé

87. FÉDOR DOSTOÏEVSKI
Le Rêve d'un homme ridicule

88. BAPTISTE-MARREY
Elvira

89. NORBERT ROULAND
Rome, démocratie impossible ?

90. ANDRÉA DE NERCIAT
Le Doctorat impromptu

91. CAMILLO BOITO
Senso

92. FÉDOR DOSTOÏEVSKI
La Femme d'un autre et le mari sous le lit

93. MKRTITCH ARMEN
La Fontaine d'Héghnar

94. RUSSELL BANKS
Continents à la dérive

95. MIRCEA ELIADE
Le Roman de l'adolescent myope

96. PLINIO MARTINI
Le Fond du sac

97. PHILIPPE BEAUSSANT
Vous avez dit "baroque" ?

98. HERMANN HESSE
Les Contes merveilleux

99. J. H. ROSNY AÎNÉ
La Guerre du feu

100. THORKILD HANSEN
La Mort en Arabie

101. NANCY HUSTON
Les Variations Goldberg

102. THÉODORE MONOD
Méharées

103. GERT HOFMANN
La Dénonciation

COÉDITION ACTES SUD – LEMÉAC

Ouvrage réalisé
par les Ateliers graphiques Actes Sud.
Achevé d'imprimer
en juillet 2005
par **Bussière**
à Saint-Amand-Montrond (Cher)
sur papier des
Papeteries de Jeand'heurs
pour le compte
d'ACTES SUD
Le Méjan
Place Nina-Berberova
13200 Arles.

N° d'éditeur : 4379
Dépôt légal
1re édition : avril 1994
N° impr. : 052664/1
(Imprimé en France)